致青春——“青春诗会”40年

叁

第一卷（第一届—第五届）
第二卷（第六届—第十届）
第三卷（第十一届—第十五届）
第四卷（第十六届—第十九届）
第五卷（第二十届—第二十三届）
第六卷（第二十四届—第二十七届）
第七卷（第二十八届—第三十二届）
第八卷（第三十三届—第三十六届）

《诗刊》社 编

中国书籍出版社
China Book Press

图书在版编目（CIP）数据

致青春："青春诗会"40年：全八卷. 第三卷 /《诗刊》社编. — 北京：中国书籍出版社, 2021.5
ISBN 978-7-5068-8464-8

Ⅰ. ①致… Ⅱ. ①诗… Ⅲ. ①诗集—中国—当代 Ⅳ. ①I227

中国版本图书馆CIP数据核字（2021）第076456号

致青春——"青春诗会"40年：全八卷·第三卷
《诗刊》社　编

图书策划　王晓笛　武　斌
责任编辑　王星舒
特约编辑　罗路晗
责任印制　孙马飞　马　芝
装帧设计　旺忘望
出版发行　中国书籍出版社
地　　址　北京市丰台区三路居路 97 号（邮编：100073）
电　　话　（010）52257143（总编室）　（010）52257140（发行部）
电子邮箱　eo@chinabp.com.cn
经　　销　全国新华书店
印　　刷　三河市华东印刷有限公司
开　　本　880毫米×1230毫米　1/32
字　　数　228千字
印　　张　8.25
版　　次　2021年5月第1版
印　　次　2021年5月第1次印刷
书　　号　ISBN 978-7-5068-8464-8
定　　价　480.00 元（全八卷）

目录

第十三届

第十四届

第十五届

青

第十一届

1993

第十一届（1993 年）

时间：

1993 年 9 月 20 日 ~ 27 日

地点：

河南焦作云台山云台山庄

指导老师：

杨金亭、梅绍静、雷　霆

参会学员（12 人）：

刘向东、大　解、马永波、柳　沄、叶玉琳、董　雯、韦　锦、刘金忠、唐跃生、呼润廷、陈惠芳、秦巴子

第十一届“青春诗会”参会者与河南本地诗人合影。前排左起：乔叶（当地诗人）、梅绍静、叶玉琳、董雯、柳沄；二排左起：刘金忠、马永波、杨金亭、刘向东、雷霆、唐跃生、韦锦；三排左起：刘新龙（当地诗人）、大解、秦巴子、陈惠芳、呼润廷

诗人档案

刘向东（1961～　），出生于河北兴隆。中国作家协会会员。主要著作有诗集《山民》《谛听或倾诉》《母亲的灯》《落叶飞鸟》《顺着风》和杂著《指纹》《惦念》等十九部。作品先后入选《中华人民共和国50年文学精华·诗歌卷》《新中国50年诗选》《中学生语文》等二百多个国内选本和英文、法文、德文、日文、波兰文、捷克文选本，另有塞尔维亚文版诗集《刘向东的诗篇》等行世。

母亲的灯

刘向东

那灯
是在怎样深远的风中
微微的光芒　豆儿一样

除了我谁能望见那灯
我见它端坐于母亲的手掌
一盘大炕　几张小脸儿
任目光和灯光反复端详

夜啊多么富裕
寰宇只剩了一盏油灯
于是吹灯也成了乐趣
而吹灯的乐趣　必须分享

“好孩子　别抢　吹了　妈再点上”
……点上　吹了
吹了　点上……

当我写下这些诗行
我看见母亲粗糙的手
小心地护着她的灯苗儿
像是怕有谁再吹一口
她要为写诗的儿子照亮儿

哦　母亲的灯
豆儿一样　在我模糊的泪眼中
蔓延生长
我看见茫茫大野全是豆儿了
金黄金黄

那金黄的涌动的乳汁啊
我今生今世用不完的口粮

母亲的灯

刘向东

那灯
是在怎样深远的风中
微微的光芒
豆儿一样的光芒

除了我谁能望见那灯
我见它端坐在母亲的手掌
一盘大炕，几张小脸
任目光和灯光反复端详

啊，富裕的夜晚
家家只剩了这油灯一盏
于是吹灯也成为乐趣
而吹灯的乐趣必须分享

好孩子，别抢
吹了，好再点上
点上，吹了
吹了，点上

当我写下这些诗行
我看见母亲粗糙的手
小心地护着她的灯芯儿
像是怕有谁再吹一口
她要为她写诗的儿子照亮儿

哦，母亲的灯
豆儿一样
在我模糊的泪眼中蔓延生长
此刻茫茫大野全是豆儿了
金黄金黄

那金黄的涌动的
乳汁啊
我今生今世用不完的口粮

1993年秋于第十一届青春诗会

诗人档案

大解（1957~　），本名解文阁，河北青龙人。现居石家庄。1993年参加《诗刊》社第十一届“青春诗会”。主要作品有多部诗、小说、寓言等。作品曾获首届屈原诗歌奖金奖、第六届鲁迅文学奖等多种奖项。

造　访

大　解

此刻我站在火车道旁
火车道轨冰凉而闪亮
四外空空的
既没有庄稼　也没有房屋
视野尽头仍是荒草和空气
和两道铁轨
十分钟以前　一列快车开过去
现在是十分钟以后　或者更久
风吹着远处的天空
下一列车还未到来

我不知为什么来到这里
我来到这里　两手空空
比地面高出七尺

造访

大解

此刻我站在火车道旁
火车道轨冰凉而闪亮
四外空空的
既没有庄稼 也没有房屋
视野尽头仍是荒草和空气
和两道铁轨
十分钟以前 一列快车开过去
现在是十分钟以后 或者更久
风吹着远处的天空
下一列车还未到来

我不知为什么来到这里
我来到这里 两手空空
比地面高出七尺

1993.7.20.

诗人档案

马永波（1964~　），文艺学博士后。1986年起发表评论、翻译及文学作品。1993年参加《诗刊》社第十一届“青春诗会”。出版译著《1940年后的美国诗歌》《1950年后的美国诗歌》《1970年后的美国诗歌》《英国当代诗选》《约翰·阿什贝利诗选》《史蒂文斯诗文录》《诗人眼中的画家》《文学的生态转向》《惠特曼散文选》《词语中的旅行》《白鲸》《自我的地理学》等七十余部。

在山中过夏

马永波

在山中度过一个夏天，你采摘浆果的手指
得到了蝎子的警告，你在它的关节里点灯
离得远远的，看入夜的山庄阴影晃动
而深夜归来的人满身泥土
兴奋，不眠，像乌鸦在窗前走动
柿子无风自落
挂满灯笼的果树一片寂静
珠翠满身的蜥蜴
在道路转弯之处
绷紧肘部，等待历史

夜里总好像有人在地里忙碌
搬开石头，寻找些什么
无人驱策的有篷马车

总是透出神秘的红光

那个夏天似乎充满了命运的暗示
在鸟声的间歇中，活着的人头发越来越少
我们一直散步到山巅，月色笼罩的水库
唱歌，谈笑，敲着酒瓶
听身后的风声大步下山

在山中过夏

马永波

在山中度过一个夏天，你采摘浆果的手指
得到了蝎子的警告，你在它的关节里点灯
离得远远的，看入夜的山在阴影里晃动
而深夜归来的人满身泥土
兴奋，不眠，像乌鸦在窗前走动
柿子无风自落
挂满灯笼的果树一片寂静
迷恋满身的蜥蜴
在道路转弯之处
绷紧肘部，等待历史

夜里总好像有人在地里挖掘
搬开石头，寻找些什么
无人驾驶的有篷马车
总是透出神秘的红光

那个夏天似乎充满了命运的暗示
在鸟声的间歇中，活着的人认发越来越少
我们一直散步到山巅，月色笼罩的小路
唱歌，说笑，敲着酒瓶
听身后的风声大步下山

1993年

诗人档案

柳沄（1958~　），出生于辽宁大连，后随父母工作调动迁居沈阳。1977年应征入伍，1986年复员分配到辽宁省作家协会，先后任《鸭绿江》月刊编辑、专业作家。1993年参加《诗刊》社举办的第十一届“青春诗会”，著有诗集《柳沄诗选》《落日如锚》《阴谋与墙》《周围》等。

山里的石头

柳　沄

山里的石头这么多
跟城里的人一样多
高的和矮的
站着的和坐着的

跟人一样多的石头
跟人根本不一样
它们沉默了那么久
却仍在沉默

此时，我和几位诗人
于石头的沉默中
聊着唠着，偶尔
很激烈地争辩着

这当然不是我们知道的太多
而仅仅是说的太多

石头好像是在听着
更好像是在睡着
它们经常在一梦到底的酣睡中
把一年睡成一天
再把一天睡成一秒

所以，我们经历过的
石头早就经历过
比如时间，比如雨雪
比如阳光和月色

但与沉默的石头
根本不一样：我们
说着说着就把自己
从这个世界上说没了

山里的石头

柳沄

山里的石头真多啊
跟城里的人一样多
高的和矮的
坐着的和站着的

跟人一样多的石头
跟人根本不一样
它们沉默了那么久
却仍在沉默

此时，我和几位诗人
于石头的沉默中
说着嚷着，偶尔
非常激烈地争辩着
这当然不是我们知道的太多
而仅仅是说的太多

石头好像是在听着
更好像是在梦着
它们经常在一梦到底的酣睡中
把一年睡成一天
再把一天睡成一秒

所以，我们经历过的
石头早就经历过
比如时间，比如雨雪
比如阳光和月色

但与沉默的石头
根本不一样：我们
活着活着就把自己
从这个世界上活没了

诗人档案

叶玉琳（1967~　），女，福建霞浦人。中国作家协会会员。福建省作家协会副主席，福建省宁德市文联主席。1993 年参加《诗刊》社第十一届“青春诗会”。著有诗集《海边书》等四部，获奖若干。

除了海，我没有别的地方可去

叶玉琳

我好像还有力量对你抒情
如果有人嫉妒
我就用海浪又尖又长的牙对付他
这一片青蓝之小经过发酵变成灼灼之火
在每个夜晚，我贝壳一样爬着
和你重逢。看不见的飓风
在天边画着巨大的圆弧
又从大海的脊背反射出奇景
在有月光的海面
我们的身影会一再被削弱
仿佛大海的遗迹
所幸船坞不曾停止金色的歌唱
我也有一条细弦独自起舞

你知道在海里
人们总爱拿颠簸当借口
搁浅于风暴和被摧毁的岛屿
可一个死死抓住铁锚
不肯低头服输的人
海也不知道拿他怎么办
那些曾经被春风掩埋的
就要在大海里重生
现在我只想让我的脚步再慢一些
像曙光中的蓝马在海里散步
我移动，心里紧贴着细沙
装满狂浪和激流
也捂紧沸腾和荒芜——

除了海，我没有别的地方可去

除了海，我没有别的地方可去

叶玉琳

我好像还有力量对你抒情
如果有人嫉妒
我就用海浪又尖又长的牙对付他
这一片青蓝之水经过发酵变成灼灼之火
在每个夜晚，我贝壳一样爬着
和你重逢。看不见的飓风
在天边划着巨大的圆弧
又从大海的脊背反射出奇景
在有月光的海面
我们的身影会一再被削弱
仿佛大海的遗迹
所幸船坞不曾停止金色的歌唱
我也有一条细弦独自起舞

你知道在海里
人们总爱拿颠簸当借口
搁浅于风暴和被摧毁的岛屿
可一个死死抓住铁锚
不肯低头服输的人
海也不知道拿他怎么办
那些曾经被春风掩埋的
就要在大海里重生
现在我只想让我的脚步再慢一些
像曙光中的蓝马在海里散步
我移步，心里紧贴着细沙
装满狂浪和激流
也揣紧沸腾和荒芜 ——

除了海，我没有别的地方可去

诗人档案

董雯（1969~　），女，山西忻州人。诗人、编剧。正高职称。1993年参加《诗刊》社第十一届“青春诗会”。出版诗集两部，在《人民日报》《光明日报》《诗刊》等各大报刊发表诗歌数百首，散文数十篇，论文十余篇。荣获全国田园诗歌大赛、山西省群星奖、山西省诗歌大赛、全国论文大赛等各种奖项。

黄昏时分

董　雯

青山披上云的白纱
云便笑了
花般乱颤
抖落一地斑驳

窗外的树
累了
倚在墙根不发一语

风也倦了
躲在树梢
静憩

一对小鸟追逐着跑来

说说笑笑
太阳伸出食指
“嘘——”
便悄悄隐去

静静的时刻正值黄昏

黄昏时分

董雯

青山披上了云的白纱
云便笑了
花枝姿乱颤
抖落一地玫瑰

窗外的树
累了
倚在墙根不发一语

风也倦了
躲在树梢
静憩

一对小鸟追逐着跑来
说说笑笑
太阳伸出食指
“嘘——”
便悄悄隐去

静静的时刻正值黄昏

诗人档案

韦锦（1962~　），生于山东齐河。诗人、剧作家。著有诗集《冬至时分》《结霜的花园》，诗剧《楼和兰》《田横》《张骞和乌洛珠拉》《霹雳顶》《李商隐》《利玛窦》等。曾获《诗选刊》2015年度优秀诗人奖。其同名诗剧改编的歌剧《马可·波罗》，于2018年5月在广州和北京首演；2019年6月在泉州上演升级版；2019年9月赴意大利商演；2020年6月于广州大剧院进行线上线下同步演映。

散居的火苗

韦　锦

把朋友们想象成一朵朵火苗
散居在各地
夜里一闭上眼睛
火苗和火苗就连成一片
脸庞和脸庞就映得通红
连星星都能分享我们的温暖

散落的火苗

把朋友们想象成一朵朵火
苗散居在大地夜里一闭
闭眼睛火苗和火苗就连
成一片脸庞和脸庞就
映得通红连星星都能分
享我们的温暖

2020年5月 书锦

遵命抄旧作于
北京玉水桥南

诗人档案

刘金忠（1952~ ），辽宁义县人。1972年开始发表作品。1993年参加《诗刊》社第十一届“青春诗会”。著有诗集《爱的抽屉》《雪与悬剑》，长诗《远去的背影》，长篇小说《逆光》。多次在全国诗歌征文大赛中获奖。

鹰 翅

刘金忠

鹰在什么样的高度飞?
幻觉才能抵达境界
羽毛划动风声，震荡苍穹
一扇风干的鹰翅，悬于高杆之上
从秋风上布下投影，守护着
播种者的梦想和每束麦穗的安详

一只鹰死了，只留下这扇翅膀
粘满云絮的翅膀，擦亮闪电的翅膀
把死亡忘记
打开阳光和天堂的门
生命的大水被领上高空
这项搬运灵魂的工程具体而生动

一部绒质的著作，天街上阅读

勇者的身影，高于禅音
蓝天高远，万物的渴望在上扬
铁也会生锈，羽毛和星星不朽
隐约于时间之外的神秘尖啸
像雨的飘临，无所不在

麻雀们巴望将鹰翅抬走或埋葬
可它们不敢，切齿的诅咒
也只能躲在很远的地方
旗一样神圣，帆一样壮美
飘动或静止，天地间精神弥漫
片羽凌空，也是王者威风

最大的力量是威慑的力量
果实与歌声之上，悬剑的沉默
如圣洁的墙，闪射崇高与冷峻
没有一只苍蝇敢飞来落脚
也没有谁敢在上面钉一根钉子
用来悬挂龌龊的心情

天空失去鹰，大地也会感到荒凉
受潮陨落的目光靠什么提升？
这是九月的田野，我看见
一扇鹰翅，掩护整个金秋的进程
如果哪一天，蓝天收藏了鹰翅
一定是我们的头顶出现了又一只鹰

鹰翅

刘金忠

鹰在什么样的高度飞？
幻觉才能抵达的境界，
羽毛划动风声、震荡苍穹。
一扇风干的鹰翅，悬于高杆之上，
从秋风上仰下投影，守护着
播种者的梦和每束麦穗的安详。

一只鹰死了，只留下这扇翅膀，
粘满云絮的翅膀、擦亮闪电的翅膀，
永死之忘记。
打开阳光和天堂的门，
生命的大水被领上高空，
这项搬运灵魂的工程具体而生动。

一部线页的著作，天街上阅读，
勇者的身影，高于祥音。
蓝天高远，万物的渴望不止上扬，
铁也会生锈，羽毛和星星不朽，
隐约于时间之外的神秘尖啸，
像雨的飘临，无所不在。

麻雀们已经将鹰翅指定成坟墓，
可它们不敢，切齿的诅咒，
也只能躲在很远的地方。

旗一样神圣，帆一样壮美，
飘动我背上，天地间精神弥漫，
片羽凌空，也是王者威风。

最大的力量是威慑的力量，
果实与歌声之上，是剑的沉默，
如圣洁的墙，闪射崇高与冷峻，
没有一只苍蝇敢飞来落脚，
也没有谁敢在上面钉一枚钉子，
用来悬挂猥琐的心情。

天空失去鹰，大地也会感到荒凉，
爱潮陨落的目光靠什么提升？
这是九月的田野，我看见
一扇鹰翅，托护着整个金秋的进程。
如果哪一天，蓝天收藏了鹰翅
一定是我们的头顶出现了又一只鹰。

飞雪满志作品，曾获《诗刊》
"人民保险杯"征文三等奖。

诗人档案

唐跃生（1960~　），诗人、词作家。1993年参加《诗刊》社第十一届“青春诗会”。著有诗集《独步方舟》《唐跃生诗歌集》《感谢大地》《唐跃生诗·歌2008》等。数次获得中宣部“五个一”工程奖及文化部“群星奖”、广电部“飞天奖”、央视春节晚会“观众最喜爱节目奖”等。

黄河壶口

唐跃生

越往低处走，
越听见怒吼。
青山为骨，
黄土为肉。
热血热泪流出来，
天地一壶酒。

大地的伤口，
秦腔的源头。
百姓撒野，
帝王撒手。
凄风苦雨落下来，
盖住了乡愁。

无论走多远，
无论走多久。
华夏千万年，
惊雷在壶口。

不管天多高，
不管地多厚。
心是入海口，
掌上黄河流！

黄河壶口

唐跃生

越往低处走，
越听见怒吼。
青山为骨，
黄土为肉。
热血热泪流出来，
天地一壶酒。

大地的伤口，
秦腔的源头。
百姓撒野，
帝王撒手。
凄风苦雨落下来，
罩住了乡愁。

无论走多远，
无论走多久。
举足千万里，
惊雷在壶口。

不管天多高，
不管地多厚。
心是入海口，
掌上黄河流。

诗人档案

陈惠芳（1963~　），生于湖南宁乡。系中国作家协会会员，新乡土诗派“三驾马车”之一。1993年参加《诗刊》社第十一届“青春诗会”，1996年获第12届湖南省青年文学奖。2018年获第28届中国新闻奖一等奖。已出版诗集《重返家园》《两栖人》《九章先生》《长沙诗歌地图》。

与叶赛宁对话

陈惠芳

在莫斯科郊外的一座东方城市
我与叶赛宁不期而遇
基督和猫一左一右蹲在他的肩头
“我是最后的乡村诗人”
他大声说道，然后使着怪异的眼色
而此时，我正沿着辉煌的街道
穿过股市和泥泞的小巷，走向城市与乡村的结合部

固执而深情，这位天才的诗人
在莫斯科街头
向挂在肉店的牛头脱帽行礼
被钢铁、汽笛切割的田园
以及在城市公开抛售的畜生、良心和梦
从他的胸腔一齐呕出

充满腐败而芳香的气息
叶赛宁，可怜而高贵的夭亡者
“死并不新鲜
可是活着也不是一件新鲜的事”
他痛苦地咽下自己最后的声音
叶赛宁，那根上吊的绳索
一直垂到乡村

叶赛宁企求的母牛纪念像没有在城市矗立起来
奶汁却流遍了乡村和城市
牛角也没能阻止一辆火车头的行进
钢铁和一切手段反复地切入乡村的肌肤
不可避免的痛楚、新生，甚至死亡！
在俄罗斯的牧歌中，我缓缓醒来
叶赛宁在城市连一块吐痰的地方也没有
我想我有，我想就在这座城市
站在城市的楼顶
上面是捉摸不定的空旷
下面是腹泻不断的繁华

叶赛宁，我的异国兄弟
用马蹄、用鸡冠、用牛角写诗的乡村之子
被城市逼到了地狱的门口
而我乘着快车
迅速地从城乡结合部抵达闹市
所有的餐馆，又添上了许多华美的座椅

郊外的饲养者源源不断地向城市涌来

二十世纪末，一位三十岁的中国诗人
用乡村的土碗盛着城市的精美食物
不断地敲击边缘，那种两栖人的危险地带
犀利的缺口，决堤的城市和文明
叮当作响

在我的面前，叶赛宁不沾一滴
两眼泛着乡村的青光
牛头马面的叶赛宁注视着城市的熊熊大火
给我以火，百年之后我火葬
棺木，乡村的外套
冗长而笨重
一把火，尸骨成灰
给死者以特快专递
城市的手段干脆有力

我据守城市的一角
叶赛宁的粗布短靴走遍我的体内
不着一丝痕迹

与叶赛宁对话

陈惠芳

在莫斯科郊外的一座东方城市
我与叶赛宁不期而遇
基督与猫一左一右蹲在他的肩头
“我是最后的乡村诗人”
他大声说道，然后使着怪异的眼色
而此时，我正沿着辉煌的街道
穿过股市和泥泞的小巷，走向城市与乡
村的结合部

因执而深情，这位天才的诗人
在莫斯科街头
向挂在肉店的牛头脱帽行礼
被钢铁、汽笛切割的田园
以及在城市抛弃的畜牲、良心和梦
从他的胸腔一齐呕出
充满腐败而芳香的气息
叶赛宁，可怜而高贵的夭亡者
“死并不新鲜
可是活着也不是一件新鲜的事”
他痛苦地咽下自己最后的声音
叶赛宁，那根上吊的绳索
一直垂到乡村

叶赛宁金黄的母牛纪念像没有在城市矗
  立起来
奶汁都流遍了乡村和城市
牛角也没能阻止一辆火车头的行进
钢铁和一切手段自负地切入乡村的肌肤
不可避免的痛楚、新生，甚至死亡！
在俄罗斯的牧歌中，我缓缓醒来
叶赛宁在城市连一块吐痰的地方也没有
我想要有，我想就在这座城市
站在城市的楼顶
上面是捉摸不定的空旷
下面是膨胀不断的繁华

叶赛宁，我的异国兄弟
用马蹄、用鸡冠、用牛角写诗的乡村之
  子
被城市逼到了地狱的门口
而我乘着快车
迅速地从城乡结合部抵达闹市
所有的餐馆，又添上了许多华美的座椅
郊外的饲养者源源不断地向城市涌来

二十世纪末，一位三十岁的中国诗人
用乡村的土碗盛着城市的精美食物

不断地敲去边缘，那种两栖人的危险地
带
犀利的铁口，决堤的城市和文明
丁当作响

在我的面前，叶赛宁不沾一滴
两眼泛着乡村的青光
半张马面的叶赛宁注视着城市的熊熊大
火
给我以火，百年之后我火葬
棺木，乡村的外套
宽长而笨重
一把火，尸骨成灰
给死者以特快专递
城市的手段干脆有力

我据守城市的一角
叶赛宁的粗布短靴走进我的体内
不着一丝痕迹

1992年6月19日初稿于长沙
1993年9月定稿于河南云台山

（原载《诗刊》1993年第12期"青春诗会"专号）

诗人档案

秦巴子(1960~　)，生于西安。诗人、作家、评论家。出版有诗集《立体交叉》《纪念》《神迹》《此世此刻》等，长篇小说《身体课》《大叔西游记》《跟踪记》，短篇小说集《塑料子弹》，随笔集《时尚杂志》《西北偏东》《我们热爱女明星》《窃书记》《有话不必好好说》《购书单：小说和小说家》等，合著有《十作家批判书》《十诗人批判书》《时尚杀手》等，主编有《被遗忘的经典小说》(三卷)等。

二胡或古都

秦巴子

要让青蛇的歌唱
燃烧到松香的皮上
要让它听见朽木
抬着的月亮

冰凉潮湿的古藤
缠绕着手指
要把幽咽送入
雪和灰瓮

泪水，潸然而下
今夜
一只枯萎的葫芦
漂向源头

二胡或古琴

春子

要让青蛇的歌唱
缭绕到松香的峰上
要让它听见朽木
抬着的月亮

冰凉潮湿的古藤
缠绕着手指
要把丝绸送入
雪和灰瓷

泪水
潸然而下，今夜
二只精美的花苗
潭的源头

二三年二月抄录旧作

树与树紧紧地拥抱

——1993年“青春诗会”侧记

梅绍静　雷　霆

由《诗刊》社主办，河南《焦作日报》承办的《诗刊》第十一届（1993年）“青春诗会”于中秋前召开，并非追求“万众仰首望”的圆满，只是感到头顶上的月儿如诗人们的前额，一天天地明晰、皎洁、睿智，正如金秋的单纯、生动，从内部闪光！在河南焦作云台山风景区举行的“青春诗会”，好像在给诗和久居都市的人“放生”。云台山风景区是一片自然生态至今古朴、清新的土地。踏上山口，在突兀陡峭的山壁的画像前，你会感到非自然的苍白，在白云那样悠悠舒展的泉流之下，你会渴望和树浆共享如此亲切自在的清晨。夜晚，万籁俱寂，唯有“云台山庄”的灯火被群山环抱，使这一次富有意义的相聚比“散”时更显“依依”。在果实累累的柿树、酸枣树中邮递诗思的诗人们，如地里的农民忙收秋。而云台山的天然瀑布落差三百米，水一路回湍，好像也在做着某种强化训练，山鸽于千峰中翩飞，更有灰瓦上听鸽哨体会不到的倾心。

诗人们在这样真善美的环境中研讨诗艺、写诗改诗，也将自己最纯真崇高的爱还给拥抱自己的怀抱。

从目前表面平静的诗的海平面望去，会使人们感到过于太平。但稍稍观察后应该说：这里无风也有三尺浪。在相对比较宽容的气氛下，各种风格流派相异的艺术追求都在游潜泳，说不定什么时候冒出来，那颗领先的头就是不举杆的旗。不在诗坛上摇的也会是旗，不在旗下呐喊的作品也会是作品，这种诗人，评家及读者的“各安其分”或许正是好事？我们少了些喧容，并不等于真的沉寂，多了些沉潜，并不等于陷入盲目。在这方面走得扎实而又确有功力的年轻诗人并非“寥寥无几”，他们默默地竭尽努力，正是为了争取更深的理解和更大的读者群。他们决不粗制滥造，长章短行都是内心的焦灼、热爱和风采。他们有的欢年第一日，十年如一日地锻炼人格和诗艺，以求“炉火纯青”而非轰动一时。他们之中许多人曾抱着一双小小的翅膀，渴望着浩茫。是的，是希望洗净了开放的灵魂。我们今天聚集在峭崖上，或许连自己都不知道是如何来到这里。但是让我们竭尽所能，让我们在这种属于诗人本能的冒险中“疯狂”地“撞”，轻盈地飘吧……

这里让我们举例说明青年诗人们的轨迹。秦巴子：早期追随西部诗，在失去宁静的田园与被现代文明遗忘的乡村之间，有《黄河·源》等组诗刊于《绿风》等刊物，随后“家园”系列，近两年回到现实生存，切入现代人生命，认为诗是生存状态与形而上学之间的东西，有《刀》《中药房》等作品。大解：发诗十年。

刘向东：出版有诗集《山民》《现实与冥想》等。叶玉琳：1989 年春开始习诗，1989 年秋在《诗歌报》发表处女作《露边月》，1991 年荣获福建省第五届优秀文学作品奖……正如唐跃生所说：“一切必将从生命中到来。”

让我们从仿佛最好进入的地方开始吧。这次刘向东的诗。向土地深入后加入了一些空灵的东西，以《青山不老》为总题是为了表达作者本人欲在诗中找到某些不那么贵族化而又动人的内涵而设的，不似软软的乡土诗，它们有内在的血性和北方气息。读来更觉气“圆”的是《母亲的灯》，以一个小小的瞬间展示了广大、蕴含和从容。亲切的挚爱像光晕、泪眼一般朦胧低回，最后几笔又是推放式的宏大辽远，显现出刘向东的诗“粗”中有常人难见的“细”。他写青草、牛、高粱都有多年来不常见到的清新。这组诗给人的感觉好像不是在写乡土，而是通过乡土这个载体向不老的未经污染的最后一片“青山”呼唤，这是人间亲情和心灵的青山，它还未被打扮得那么“隆重”。它只是裸露着它自己的岩壁和山涧，水在上游的水库蓄着，就会泻下来激流……

大解的诗已到相当火候，他的追求和读者的感受几乎是交融的。无论诗所反映的观点有多么“虚”，你读这些句子会触到它有充实的内容，而无论内容多充实，你读这些句子，又感到它是像空气一样抓摸不着。你只是知道自己轻松愉悦地跟着这些长短句在走，这种在更大背景上化解心灵和提炼美感的能力正是作者自己孜孜追求的。正如一种“看不出花招来，伤在‘内部’的功夫”，一上来就仿佛空对空，但却是宁静澄明的光、气，诗的躯体仿佛不存在。大解自己说：“我把诗歌看成是这样一种过程，到达时，其负载和疼痛应该全部消解掉，甚至消解掉语义和指向，只在澄澈空虚中呈现出存在和行动，这时，诗人必须退出自身，作为一个元素参与自然的运作，使万物的秩序和真理通过他开口，但他不是说出，而是在具象世界的远方隐秘地显现。大解本人是“苦孩子”出身，他为人淳厚，眼睛小小的、亮亮的，却时时荡开真挚的笑容。想他打小微撅着棉袄大襟，地地道道是长了一双单眼皮的北方孩儿，再读他的这些和人反差甚大的诗作，肯定会使我们对大解这种诗教“信徒”产生好感。

马永波打开他那硬邦邦、走东闯西的皮箱不是取出钱钞，而是对那皮箱来说少得可怜的诗页，这些诗被马永波视为生命一部分。首先映入眼帘的是题为《故去的父亲》的长诗。“这首太长了，你们不会要。”个子高大的马永波其实很腼腆。那凄楚而美好的感受是怎样用语言表达的？正如他的《中午的喷泉》，他对语言的驾驭、意象的组合都呈现才华喷涌气象。这对一个深夜坐起，撕掉自己作品的青年诗人来说，并非偶然。马永波诗有一双明亮的沉默的眼睛，你得相信，《雪天》便是那眼睛对你的凝视。在诗会上他的这首短诗是否过于短？诗句给你的短短的热吻或许是长长的回味。这首长诗是否过于长？这种长长的哀伤或许是短短的解脱？

我们期待着他尽快地完成《对称的花园》和《存在的深度》，那一定不会是不经过“中夜翻身坐起”的程序就奉献给大家的……

秦巴子老实巴交，就是一个秦川人，沉默寡言并非“不狂介”，你只要和他待上一上午，就能感到他的人和诗一样，是从艰辛中来的，那种坚持支撑着他的人生和艺术追求。诗的“内向”正如人一样，你读它，就会触到一些坚韧如筋如骨的执着。这些诗并非“纯”诗，而是“玩命”地要从“心的囚笼”中挣脱出来的某种记录。这种努力也易产生“倾斜”，使你感到造作，但秦巴子的诗大多对简单的语词有调兵遣将的能力，你读《对坐》《鱼化石》等，语言的压力使生存的现实成为远景，然而这又是一直在我们心中不能抹去的东西。可以说落魄的是一些灵，而诗的灵魂永远不会落魄；可以说作品有骷髅，而这里的骨架是某种危险的割舍；宁静闪耀的不是磷火，而是可以感到诗人灵魂温度的光彩。这些句子多“险”呵，像秦巴子这么写诗的，实在不多。我们祝愿他永能化险为夷！

“要腐烂你就腐烂吧 / 一个春天烂进花里。一段道路 / 烂在风中。一朵乌云 / 烂掉离太阳最近的天空 / / 而一个人已是所有的天空 / 呵，我的默坐千年的朋友 / 在夜里，拧灭了烟蒂和嘴唇……”听这大段华彩朗诵，你会以为它的朗诵者和作者是唐跃生吗？他还是“川崽”样，跳状如峨眉猴；诗才了得，人却天真得好像永远长不大。他有时过于虚心，哪个诗友的句子愿意无偿奉送，他都虚怀若谷；有时又过于固执，对读者对他那开放的心灵一时找不到入口处不以为然，这次唐跃生参会的《血》等四首并未代表他的最高水准，倒是他在几天的改稿过程中不断涌流的未完成的新诗显示出他蓬勃的才情。生活和激情的漫肆大概是有气势的，但也易形成某种语言的“顺势而下”。不过，唐跃生已有自身创造的时空，他是自信即将奔赴的，“他的大梦未醒的笔横卧床头／足以压住遍地月光／将变沉的时光收拢。凝固。燃烧／悬于吼声犹在的锋刃”。

最年轻的是两位女诗人，而董雯最小。这次“青春诗会”她交的卷子与她十六岁以后发的诗都有所不同，一股真挚的纯洁的感情还是主流，但总让人读后有“怎么多了一种沉重”的疑问。当然这些句子或多或少还有再提炼、再精心构筑的可能，每一种情绪也还可能从超越情绪更具体的意象中去把握，那样诗味或许会更含蓄隽永，但无论如何应当说董雯已不再是“席慕蓉时期”的“纯情少女”。她的诗正起着变化，感觉仍是清新质朴的，语言仍是明白如话的，是她在写被人们忽略的那一部分，女人更深地体会的“刻骨铭心”。似乎只有这一种纯朴，剥落了诗句上常见的“红”尘吧？愿她的诗艺有更美的升华！相信她会在诗的领地中，有更广大的开采和更可喜的发现。

董雯诗的主要意义恐怕还是在诗的感情上，它的“虔诚”还是人们“不敢相信”的未被污染的一角，“假作真时真亦假”，它有时显得很柔弱，但我们的情感怎能“朝着温柔抗拒我的月亮”？

叶玉琳是福建近年来有创作潜力的青年女诗人。她说：“为什么女性就不能以她全部细腻而强烈的爱去表达对土地、对生活的感受，为什么要把它理解为狭隘的个人情爱？我觉得把这种爱流入到整个社会，整个生活中去，或哀伤或欢喜，有期望，有缅怀，或许更好。这也是我一生追求的平淡中的真。”

去年三月《诗刊》的《女作者小集》中也发了她的两首诗:《杨家溪》《蘑菇季节》。听这南方女子抑扬顿挫地吟自己的诗，实在使人欲罢不能。叶玉琳的诗虽不“艰”，却也深，深在她对生活的美的感觉那份丰盈上，它带来的气息是青草地上的。这里发的一组诗，和以往略有不同，但内在的魅力丝毫未减，这是因为她有自己驾驭语言的独特方式，更何况女诗人的心灵本就是一簇散发馥郁的花蕊。两位女诗人的共同之处也在这里，她们共有人们久违的诗的青春和真纯：“轻轻转动牵牛花的梦”，“多少欢乐去向不明”……这些诗行，确实是“一枝桃花”，“在流水弯曲的地方／跳上你的面颊”。

第十一届“青春诗会”期间，董雯、梅绍静、叶玉琳与河南女诗人乔叶（左起）合影

入伍铁道兵，又在铁道兵文工团搞过创作的刘金忠，去年发在《星星》诗刊上的一大组卷首作，好像一股粗粝的风，读那组诗真如看见火烧大幕般震撼。

好诗不可多得，这本身就是戏剧性的。

刘金忠的诗作深沉、睿智，颇为“老辣”，使人们想不起他用的是甚么手法，甚么技巧。他的技巧就在这种“传统写法”之中，平而不淡，练达而不油滑，控制的谨慎与出击的迅猛同步，读后令你沉思、使你跌坐，这就是“我总爱以歉收的目光／打量那些黑脸、白脸或红脸的庄稼”句子的魅力吧！这就像我们中国人对民歌的百唱不厌一样，你能告诉我十条为什么喜欢民歌的理由吗？反正唱起那“引人上进”的歌儿，严紧的心情就得到了疏松。传统的力量是如此藏而不露，有时简直就是一分“神秘”。刘金忠的作品就是这样养够了“传统”之气。

陈惠芳在乡里长大，其诗探索走过从“纯粹乡土”到“两栖人乡土”的漫长过程，成功和失败已有七年的记录。这次他的作品似乎没有打眼的句子，由于挑不出毛病，才可能有毛病，为后来者留下自己的脚印。我们肯定他写农村从自然经济转向商品经济时代，人的精神状态所发生的变化，返璞归真不仅是在诗味的要求上，作为诗人在写诗，有些观念驾轻就熟，显得很随便，就难办了。这并不是说陈惠芳的作品不老道，只是要用最透明纯净的语言传达捉摸不定的思绪时，似应更多地利用语言这个好助手罢了。

韦锦写友谊的四行，是从旷野生活中来的，颇有独到处。韦锦有韦锦的“散文风”，比如选材上，比如回环句，有故意为之的倾向。诗的翅膀最终停留在灵感的空气上，从这点上讲，我们每个人都在“自己是自己的上帝”中向天祈祷。韦锦的“散步诗”处处有芳草；“没有爱情的男人是一根无能的旗杆／没有气息／没有色彩／没有飘场／就是幸福也会使我白发苍苍／……韦锦不是“神功内敛”型的诗人，他认为“谦虚使人骄傲”，但他是荒原上走来的“石油人”，但愿他那“你向一棵草走去／谁能走近你”的诗情唤起更多读者的诗情！

前年柳沄写的《瓷》是一首他人无法模仿的“窑变”精品，可能那至今还是一个较高的“纪录”。这次的作品不那么珠润玉滑，但《凝视荆轲》仍会使你掩卷而动心。从许多诗人的探索中我们看到大家好像不约而同地在追求着“大音希声”的境界。柳沄的《瓷》正是这样一首令大家神往之作呵。这里的诗不那么有灵气儿，然而我们并不失望，这些诗跳跃更直接，切入现实时给人切入血脉的感觉。

还鲜为人知的呼润廷力图在脆弱的意象中固定某些含义，因而有些地方显得意大于象，但总的来说还是别具一格的清新之作。中国诗离开情“象”，容易造成化妆过浓的印象，和传统崇尚的“淡扫蛾眉”

相悖，这应该是我们力图跳出直接从生活中发现东西时所应共同注意的吧？有时过于理智，有哲人写诗的错觉，尽管如此，这里的几首诗仍是承担了呼润廷艺术追求的佳作。

第十一届“青春诗会”可能是历届诗会中少有的一次年龄“擦边球”的“青春诗会”。正因为此，团结友爱的场面十分感人。你帮他改诗行，他改或不改，说或不说，“只有诗歌／才能伤害我灵魂”，都是对艺术的忠诚。是的，“旷野不会拒绝手，那比花期还要短暂的手”，相会匆匆，友谊才格外明亮。天才的火花不是在恶意嫉妒中产生，可以说正相反，在真诚的互相珍重和爱护的气氛中，灵感的光芒会成片地闪烁。

不奢望有一天，出版社奇迹般地对青年诗人们的精品承印不暇，但这些有悟性、有坚强人生观的诗人们将是从事写“广大人民群众所喜闻乐见的诗和歌”的一支力量。刘向东的诗是纯乡土诗吗？董雯、叶玉琳是“小草花”吗？马永波果真以“西方绘画”为尊？……他们还会发展、奉献，展示更清晰鲜明的艺术特征。艺术上的分道扬镳是青年诗人们先天坚实的表现，刘向东有句话说得好：“诗人不是写出来的，不是想当就当上的，他必须有一段特殊的情感历程；什么时候诗凌驾于我了，什么时候我就成气候了。”我们的前辈诗人们崇高的精神在前面感召，他们播下的火种、形成的流派、已有的成就和做出的牺牲不可避免地要在青年诗人们的创造中留下痕迹，而青年诗人们进行的艺术实践，他们特殊的体验与表达方式、方法，他们创造出的奇特新颖的诗歌意象，也推动了忠实生活这一诗歌传统的创新与发展。秦巴子的信条也可能代表大部分诗人的心态：“诗的质量是人的质量、灵魂的质量！”

以生命写诗的人或许罕如流星，让这些“从天而降”的星，“划破我的幻想”(摘自焦作女作者乔叶诗《流星雨》，青年对诗的迷恋，难道不是对自己灵魂的珍视？诗所代表的不正是一种浩然之气，写诗的人不正是以诗作为自己精神的内疗和人格的支柱么？

诗人们就“文以载道”和纯诗与读者的关系，就哲理诗化开的深度和诗人写哲理，就诗的空灵与坚实，书卷气与“天然去雕饰”等诗人的手艺，就诗的中国人品格、情绪、人生境界等诗人的先天后天条件的维护、培养，就商潮冲击纯文学，诗人如何创造诗的时空，心灵如何从流放中“寻找回来的世界”。作了深层次的探讨分析。相信这种就诗和诗人本身，就社会潮流与商业背景，就中国诗“缩微”做的学术性的讨论一定会对我们的纯文学，对并非空对空的诗歌创作有较深远的影响，相信诗人们未来的实践也将在这些方面有较大突破。

看这次诗会作品的走向，可以得出诗人们选材上出现的“回环”，似乎没有多少全新的题材。但是我们还是要说，像马永波写故去父亲，像大解写大风光大景物，像秦巴子写现代人的生存状态，像韦锦写荒原，像柳沄写荆轲……都是以一种新鲜的角度切入的，他们实际上已有意无意地拓宽了我们期望的那更为广阔的美的领域。

诗路漫漫，在今年“青春诗会”的检阅台上站着的十二位诗人将还会有什么样的佳作流传？这正是笔者和爱诗者们最为关心的。这次诗会由《诗刊》社雷霆、梅绍静主持，副主编杨金亭自始至终参加了诗会的活动。焦作市委宣传部长郭文杰同志，焦作市文联主席李九思同志、《集作日报》主编李介人等同志到会祝贺。感谢《焦作日报》对“诗人是最易发现人的美好感情”的理解及给予这次诗会的最周到和热情的支持。

青山不老，相信云台山我们还会再来！

1993.10.18

青春诗会

第十二届

1994

第十二届（1994 年）

时间：

1994 年 8 月 10 日 ~ 18 日

地点：

晋西北宁武古城—五台山

指导老师：

周所同、邹静之

参会学员（15 人）：

匡国泰、雷　霆、李　庄、叶　舟、贾　真、郭新民、李　华、顽　童、池凌云、刘亚丽、张执浩、巴音博罗、高　凯、杨孟芳、汪　峰

第十二届“青春诗会”期间，左起：汪峰、金所军（非参会诗人）、邹静之、高凯、李华、雷霆、叶舟、刘亚丽、池凌云、杨孟芳、张执浩、巴音博罗、周所同、李庄、张林（工作人员）合影

诗人档案

雷霆（1963~2021），山西原平人。当代诗人。中国作家协会会员。1994年参加《诗刊》社第十二届“青春诗会”。出版诗集《雷霆诗歌》《大地歌谣》《官道梁诗篇》《我的官道梁》《雷霆诗选》等多部。作品入选《新中国70年优秀文学作品文库·诗歌卷》《〈诗刊〉创刊六十周年诗选》等多种版本。获“新诗百年·十大田园诗人”、郭沫若诗歌奖、2019《星星》诗刊年度散文诗提名奖、赵树理文学奖、第二届中国红高粱诗歌奖、山西文学奖等三十余种全国、省以上的文学奖。

拒马河

雷　霆

巨大的孤独来自拒绝！
拒马河啊，我的拒马河，
周围是深秋的白桦林，
拒马河静静地流过北方。

漫游群峰。流浪的形象！
我甚至看见了你的波纹，
前进中的黄金和白银，
在夕光中闪烁出光芒。

是它们诱人的影子到来，
是它们把世上的好处说尽。
同时说出的还有诗人，
所有流浪兄弟们的姓名。

他们比我走得更远！他们
看见了草原，唱歌的牧羊人。
在那里，水、春夜和女人，
留在梦里，留给了青春。

还能留下什么？心中的
那集合了所有宽容的品质；
就像清冷的月光的舞蹈，
就像大地上最美的拒马河！

拒马河，静静的拒马河，
当你终于从我的视野中，
悄然消逝，我苍凉的一生
是否又加入了忧伤的成分？

拒马河

雷霆

巨大的孤独来自拒绝！
拒马河啊，我的拒马河，
周围是深秋的白桦林，
拒马河静静地流过北方。

漫游群峰。流浪的形象！
我甚至看见了你的波纹，
前进中的黄金和白银，
在夕光中闪烁出光芒。

是它们请人的影子到来，
是它们把世上的好处说尽。
同时说出的还有诗人，
所有流浪兄弟们的姓名。

他们比我走得更远！他们
看见了草原，唱歌的牧羊人。
在那里，水、春夜和女人，
留在梦里，留给了青春。

还能留下什么？心中的
那综合了所有宽容的品质；

就像清冷的月光的舞蹈，
就像大地上最美的拒马河！

拒马河，静静的拒马河，
当你终于从我的视野中，
悄然消逝，我苍凉的一生，
是否又加入了忧伤的成分？

（原载《诗刊》1994年12期"青春诗会"专号）

诗人档案

李庄（1968~　），祖籍山东牟平。二十世纪八十年代开始写作。中国作家协会会员。1994年参加《诗刊》社第十二届“青春诗会”。著有诗集《李庄的诗》《无人能够阻止玫瑰怒放》和长诗《预言》。曾获山东省第二届泰山文艺奖等奖项。另有小说、随笔文字问世。现居德州。

马

李　庄

马背上滚落了多少江山
大风中的霸业
尘土里的宝剑
河流与群峰之上只有四只铁蹄无敌
一只叫春，一只叫夏，一只叫秋
最锋利的一只是冬天
踏过草木
踏响人类的头颅
略去悲欢与沧桑
仅遗一根马尾给怀旧的人做了琴弦

谁知道马的来处
谁知道马的去处
石头碎成沙粒

一阵大风接着一阵大风
你走近马时马已走远
仿佛马从未出现

马

李庄

马背上滚落了多少江山
大风中的霸业尘土里的宝剑
河流于群峰之上只有四只铁蹄无敌
一只叫春，一只叫夏，一只叫秋
最锋利的一只是冬天

踏过草木
踏响人类的头颅
略去悲欢于沧桑
仅遗一根马尾给怀旧的人做了琴弦

谁知道马的来处
谁知道马的去处

石头碎成沙粒
一阵大风接着一阵大风
你走近马时马已走远
仿佛马从未出现

写于1993年
抄于2020年

诗人档案

叶舟（1966~ ），诗人、小说家。现任第十三届全国政协委员，甘肃省作家协会主席，著有《大敦煌》《边疆诗》《叶舟诗选》《敦煌诗经》《引舟如叶》《丝绸之路》《自己的心经》《西北纪》《叶舟小说》《秦尼巴克》《兄弟我》《诗般若》《所有的上帝长羽毛》《汝今能持否》《敦煌本纪》等数十部专著。作品曾获得第六届鲁迅文学奖、《人民文学》小说奖、《人民文学》年度诗人奖、《十月》文学奖、《钟山》文学奖等奖项。

询 问

叶 舟

是多少痛苦，堆积在边疆？
沿着那一排白杨，月亮
像一群野鸽子，挂在天上。
河流上的风，逶迤流淌
今夜，谁活在世间，谁就是国王。

和五谷杂粮，一道生长。
萧瑟果园里，让心上人睡在一滴泪上。
一盏天鹅飞渡星光
劈开了谁的内心，望见秋天下的教堂？

询问

叶舟

是多少痛苦，堆积在边疆？

沿着那一排白杨，月亮
像一群野鸽子，挂在天上。
河流上的风，更迭流淌
今夜，谁活在世间，谁就是国王。

和五谷杂粮，一道生長。
蕭瑟果园里，让心上人睡在一滴泪上。
一盏天鹅飞渡星光
劈开了谁的内心，望见秋天下的教堂？

2020.6.抄.

诗人档案

贾真（1949~　），山西省原平市人。诗人。中国作家协会会员。1965年开始发表作品。1994年参加《诗刊》社第十二届“青春诗会”。著有《北方之爱》《回望旅途》《横空出世》《心中的乾坤》等诗集十五部。曾获全国诗歌大赛和赵树理文学奖等奖项。

水　声

贾　真

我以棉絮的形态浮游太空
在高处俯视苍生
看世间如何欢呼雨滴
又如何嗔怪泥泞

我如风一般无孔不入
悄无声息潜入地心
在围堵中探拓出路
在黑暗里追寻光明

我在密林草丛中出露
一路上步履匆匆
去江湖里闯荡
在曲折中踽行

我有时唱歌有时啜泣
有时狂猛有时温顺
我能载船也能覆舟
讨人喜爱也惹人惧恨

我在液、固、汽三体间幻化
应对复杂多变的处境
在地上地下及空中周而复始
以时此时被持守清纯

水声

贾真

我以棉絮的形态浮游太空
在高处俯视苍生
看世间如何欢呼雨滴
又如何嗔怪泥泞

我如风一般无孔不入
悄无声息潜入地心
在围墙中探掘出路
在黑暗里追寻光明

我在密林草丛中朱露
一路上步履匆匆
去江湖里闯荡
在曲折中蹒跚

我有时唱歌有时啜泣
有时狂猛有时温顺
我能载船也能覆舟
讨人喜爱也惹人惧恨

我在液·固·汽三体间幻化
应对复杂多变的处境
在地上地下及空中周而复始
以时此时彼持守清纯

2019.5.3

诗人档案

郭新民（1957~　），号宁武关人、仁纶堂主。二十世纪七十年代中期开始文艺创作，潜心诗文，擅长书画，对文物书画鉴赏有一定造诣。1992年加入中国作家协会。1994年参加《诗刊》社第十二届“青春诗会”和首届《诗刊》社“青春回眸”诗会。曾获中国首届艾青诗歌大奖、《人民日报》一等奖、赵树理文学奖等各类文艺奖数十项。《郭新民抒情诗选》《一棵树高高站着》两次入围鲁迅文学奖终评，出版专著十余部。

悼　鱼

郭新民

那条鱼
肯定没有问卜
出游时遇到了麻烦
网
在不远不近处等它

最后的奔逃止于
森森利刃
寒光一闪
它梦见海和浪花
之后就不再喧哗
疼痛后的麻木弥漫开来
若水，载它回家
而回家的路总是太远太远
走在半路
就耗尽了一生

惊鱼 郭新民

那條鱼
肯定没有问卜
出游时遇到了麻煩
网
在不遠不近處等它

最後的奔逃止於
森森利刃
寒光一閃
它梦见海和浪花
之後就不再喧譁
疼痛後的麻木弥漫開來
若水，載它回家
而回家的路總是太遠太遠
走在半路
就耗盡了一生

1989.7.28
於北戴河

诗人档案

池凌云（1966~　），女，出生于浙江瑞安。1985年开始写作，1994年参加《诗刊》社第十二届“青春诗会”。著有诗集《飞奔的雪花》、《光线》（与人合著）、《一个人的对话》、《池凌云诗选》。2010年获《十月》诗歌奖等多项诗歌奖项。部分诗作被译成德文、英文、韩文、俄文等。

所有声音都要往低音去

池凌云

日出时，所有声音都要往低音去。
夜的运动把伸出的幼芽压碎，
露珠与泪珠都沉入泥土
一切湮灭没有痕迹。唯有
盲人的眼睑，留在我们脸上
黑墨水熟悉这经历。一种饥饿
和疾病，摸索葛藤如琴弦。
我们的亲人，转过背去喘息
他们什么也没说，他们无法洗净
身边的杂物。黑夜的铁栅
在白天上了锁，没有人被放出去。
没有看得见的冰，附近也没有火山。

所有声音都要往低处去

池凌云

日出时，所有声音都要往低处去。
夜的运动把伸出的幼芽压碎，
露珠与泪珠都沉入泥土
一切湮灭没有痕迹。惟有
盲人的眼睑，留在我们脸上
黑墨水熟悉这经历。一种饥饿
和疾病，揉紧葛藤如琴弦。
我们的亲人，转过脊去叹息
他们什么也没说，他们无法洗净
身边的杂物。黑夜的铁栅
在白天上了锁，没有人被放出去。
没有看得见的冰，附近也没有火山。

2010.10.9

诗人档案

刘亚丽（1961～　），女，祖籍陕西横山。二十世纪八十年代中期开始文学创作，先后在《人民文学》《十月》《作家》《中国文学》《青年文学》《诗刊》《香港文学》《人民日报》等数十种文学报刊发表诗歌、小说、散文随笔五百余首（篇）。1994年参加《诗刊》社第十三届“青春诗会”。出版《生命的情节》《我的情诗》《一地花影》《水晶香片》等数部诗文专辑。诗文先后荣获《人民文学》诗歌大奖、第二届柳青文学奖、“陈香梅女性散文奖”等十余项国家级、省级文学大奖。

最后的情诗

刘亚丽

你推门而入的身影
比夜色更浓地弥漫
比这瓶静脉盐水
更迅速地浸透
我婉拒一个世界的安慰
只期待你一声低低的问候
我生病的理由就是想
得到你的怜悯

此刻你离我真远
思念比眼眶更疼
比四周的白色更白

你走近我

撩开散乱的头发
抚摸我滚烫的前额
你俯迎下来的时候
我看见你眼睛深处的光芒
从容而镇定地闪烁
这是来苏的气味、药液的滴答声
这是我柔弱无力的身体
它们使爱情在世界面前
无所顾忌地袒露

我越来越灼热
呼吸急促地散乱
不慎打破精美的瓷器
我飘浮，晕眩，屋顶的吊灯在坠落
镜子里形象模糊不清
这是盛夏，玫瑰在高处
水之上是泡沫
歌曲之上是旋律

这是另一种病，无可药救

亲爱的，好好握住我的手
唯有你知道，我多么害怕痊愈如初
唯有你知道，我就想病着，并且
一直病下去

此刻你离我真远
外面干净得剩下一些灰尘
我的身体病成世界上
最后一棵相思树

最后的情诗

刘亚丽

你推门而入的身影
比夜色更浓地弥漫
比这瓶静脉盐水
更迅速地浸透
我婉拒一个世界的安慰.
只期待你一声低低地问候
我生病的理由就是想
得到你的怜悯

此刻你离我真远
思念比眼眶更疼
比四周的白色更白

你走近我

撩开散乱的头发

抚摸我滚烫的前额

你俯过下来的时候

我看见你眼睛深处的光芒

从容而镇定地闪烁

这是来苏的气味、药液的滴嗒声

这是我柔弱无力的身体

它们使爱情在世界面前

无所顾忌地袒露

我越来灼热

呼吸急促地散乱

不慎打破精美的瓷器

我飘浮、晕眩，屋顶的吊灯在坠落

镜子里形象模糊不清
这是盛夏，玫瑰在高处
水之上是泡沫
歌曲之上是旋律
这是另一种病，无可药救

亲爱的，好好握住我的手
唯有你知道，我多么害怕痊愈如初
唯有你知道，我就想病着，并且
一直病下去

此刻你离我真远
外面干净得剩下一些灰尘
我的身体病成世界上
最后一棵相思树

诗人档案

张执浩（1965~ ），生于湖北荆门。中国作家协会会员。1994年参加《诗刊》社第十二届“青春诗会”。现为武汉市文联专业作家。主要作品有诗集《苦于赞美》《动物之心》《撞身取暖》《宽阔》《高原上的野花》和《家宴》等，另著有长篇小说集、中短篇小说集、随笔集多部。曾先后获得过中国年度诗歌奖、《人民文学》奖、《十月》年度诗歌奖、第12届华语文学传媒大奖年度诗人奖、首届中国屈原诗歌奖金奖、《诗刊》2016年度陈子昂诗歌奖、2017年度“十大好诗”奖等多项奖项。2018年凭诗集《高原上的野花》获得第七届鲁迅文学奖。

采石场之夜

张执浩

从敲打到敲打，搬运是后来的事
还有简单的马车、沿途掉落的
声音和房舍
我看见：石头！从山腰上滚下来的
石头，相互倾轧，像盲目的仇恨
止息于我的半截脚趾

群山漆黑，而采石场更白，仿佛
月亮的遗址
此刻，有人正在这里生活
在石缝间呼吸，在石头后面磨砺牙齿
一只幸存的蜥蜴正在翻越一块花岗岩
不远处，白马打着响鼻

唉　这样的夜晚，对于我
是多么沉重
掘地三尺，我也不能让好梦成真
而移动一块碎石，便会有一连串响声
传过去，似乎惊动了黎明
我知道，我不免沦为齑粉

但是，有人已经醒来，顺手牵起
钢钎和铁锤。他熟练地爬
到了山腰
我抬头看见月亮，和月亮里的
这个黑影：他在敲打
用力啊用力，进入了大山的骨髓

采石场之夜

张执浩

从敲打到敲打，搬运这些石头的人
还有简单的马车、沿途撒落的
青草和房舍
我看见：石头！从山腰上滚下来的
石头，相互倾轧，像旧日的仇恨
止息于我的半截脚趾

群山漆黑，而采石场雪白，仿佛
月亮的遗址
此刻，有人正在这里生活
在石缝间呼吸，在与生活间磨砺牙齿
一只幸存的蝙蝠正在翻越一块花岗石
不远处，白马打着响鼻

哇 这样的夜晚，对于我
是多么沉重
掘地三尺，我也不能让好梦成真
而移动一块碎石，便会有一连串响声
传过去，似乎惊动了黎明
我知道，我不免沦为齑粉

但是，铁人已经醒来，顺手拿起
钢钎和铁锤。他熟练地把
到秋腰
我抬头看见月亮，和月亮里的
那个黑影：他在敲打
用力啊用力，进入了大山的骨髓

2003年

诗人档案

巴音博罗（1965~　），满族。诗人、小说家、画家。自二十世纪八十年代起从事文学创作，中国作家协会会员。1994年参加《诗刊》社第十二届“青春诗会”。至今发表文学作品400万字。著有诗集《悲怆四重奏》《龙的纪年》，油画散文合集《艺术是历史的乡愁》以及小说集《鼠年月光》等多部。曾获首届辽宁文学奖、第五届辽宁优秀青年作家奖等奖项。

落　日

巴音博罗

我看见的是落日，不是苍山
我看见的是一只披火的凤凰
驮着众多欣悦的灵魂，熊熊归巢
我是看见了活着，但我不说出

我看见的是英雄，不是悲叹
我看见的是装满胸腔的沸血
不是沉入剑鞘的光芒
我是看见了圆寂，但我不说出

我看见的是越走越高的神
并没看他逐渐微茫的背影
我看见的是现在，并非来世
我看见并说出的辉煌
正是我说出却没看见的幽暗

落日

巴音博罗

我看见的是落日，不是苍山
我看见的是一只披火的凤凰
驮着众多欣悦的灵魂，翩翩归巢
我是看见了活着，但我不说出

我看见的是英雄，不是悲叹
我看见的是装满胸腔的沸血
不是沉入剑鞘的光芒
我是看见了国家，但我不说出

我看见的是越走越高的神
并没看他逐渐微茫的背影
我看见的是现在，并非来世
我看见并说出的辉煌
正是我说出却没看见的幽暗！

创作于1994年12月，《诗刊》"青春诗会"。
重抄于2020年6月，辽宁鞍山

诗人档案

高凯（1963~　），生于甘肃合水县。中国作家协会会员。从事文学创作四十余年，出版诗集十余种。获第五届全国优秀儿童文学奖单篇佳作奖、首届闻一多诗歌大奖、敦煌文艺奖、甘肃省文艺突出贡献奖及《飞天》《作品》《芳草》《莽原》《大河》等刊物诗歌奖等奖项。1994年参加《诗刊》社第十二届“青春诗会”。

苍　鹰

高　凯

一只苍鹰
把天空撑起

一匹白马
把大地展开

一条阳光大道
在一个苦行僧远去的背影里消失

一粒金沙在天地尽头
高出戈壁

凝神眺望
不是月亮就是敦煌

苍鹰

高凯

一只苍鹰
把天空撑起

一匹白马
把大地展开

一条阳关大道
在一个苦行僧远去的背影里消失

一粒金沙在天地尽头
高出戈壁

凝神眺望
不是月亮 就是敦煌

2020年11月26日应萧笛之嘱
抄于兰州 高凯

诗人档案

杨孟芳（1951～　），湖南平江人。中国作家协会会员。1977年开始诗歌创作，1994年参加《诗刊》社第十二届“青春诗会”。2004年诗作《故乡》入选上海市初中语文课本。著有《红地毯》《山那边》《回望故乡》《逃离与依恋》等多部诗集。

枣　子

杨孟芳

一树枣子
半红半黄
几回回雨想把它打落
一次次风在把它摇晃

它是母亲留给我的
粒粒长在她心上
雨，莫想要
风，莫想抢

只有我回来了
母亲才举起长篙
把自己的心
敲响

一树枣子半红半黄[illegible]、总想
把它打落一次、风在把它摇
晃它是母亲留给我的粮、长
在她心上雨总想要风总想摘
只为我回来了母亲才举起
长竿把自己的心敲响

杜心孝子见诗刊一九八六年一期短诗
[illegible]庚子夏日杨[illegible]书

诗人档案

汪峰（1965~　），江西铅山人，现居四川凉山彝族自治州首府西昌市。业余主要从事诗歌、散文、评论创作。出版有诗集《写在宗谱上》。1994年参加《诗刊》社第十二届“青春诗会”。中国作家协会会员。江西省作家协会第二届“滕王阁”文学院特聘作家。

短诗之恋

汪　峰

多么精致！
一个埋下双肺的曲颈瓶。

青春插下细火，几支
开在唇间，我推开小门
一个扑萤少女就是一个盛夏。

大风藏在早产的呼吸中
她始达到年轻，然后达到年老
大风把扑萤少女越吹越暗

扑萤少女多像萤火
美本来很短，就那么一瞬
大风中听得见双肺在曲颈瓶中碎裂

多么精致，短诗之恋！
激情是曲颈瓶下面
一块花手帕垫子。

假如曲颈瓶是你
假如我手中轻轻握着光明。

短诗之美

多么精致！
一个埋下双肺的曲颈瓶。

青春摘下细火，几支
开在壁间，我推开小门
一个扑萤少女就是一个盛夏。

大风藏在早年的呼吸中
她始达到年轻，然后达到年老
大风把扑萤少女越吹越暗

扑萤少女多像萤火
美本来很短，就那么一瞬
大风中听得见双肺在曲颈瓶中碎裂

多么精致，短诗之美！
激情是曲颈瓶下面
一块花手帕垫子。

假如曲颈瓶是你
假如我手中轻轻握着光明。

原刊于1994年第12期《诗刊》
“青春诗会”专辑，汪峰重抄于2020年6月5日。

第十二届“青春诗会”侧记

周所同　邹静之

八月初秋，莜麦摇铃。第十二届“青春诗会”在晋西北高原、汾河之源的宁武古城隆重召开。

来自全国各地的十五名青年诗人参加了诗会。会上探讨了当前诗歌的走向、语言在诗歌中的地位、诗与时代、诗与生活等诗人关心的重要问题。大家一致认为，在当前迅猛变化的时代面前，让诗歌走出

第十二届“青春诗会”期间，参会人员和山西诗人及工作人员合影

1994 第十二届“青春诗会”期间，从左到右巴音博罗、汪峰、李庄合影

田园式的悠闲、散淡；苦吟的寂寞；贵族化的不屑一顾而切入现实人生，让诗人的心灵与纷繁多变的大时代相冲撞、融合。是诗人刻不容缓的抉择，也是诗歌的美学价值和普遍意义之所在。会上还修改创作出一批有质量的、各具风格的新作。第十二届“青春诗会”得到了山西宁武、五台县委、县政府的大力支持，特致谢意。

会

第十三届

1995

第十三届（1995 年）

时间：

1995 年 9 月 11 日 ~ 17 日

地点：

北京市幼儿师范学校招待所

指导老师：

雷　霆、梅绍静

参会学员（10 人）：

阎　安、杨晓民、伊　沙、李　岩、乔　叶、高　星、冯　杰、张　战、胡　玥、廖志理

第十三届“青春诗会”期间，学员与《诗刊》老师合影。前排左起：伊沙、梅绍静、张战、乔叶、高星；后排左起：李岩、廖志理、冯杰、朱先树、胡玥、雷霆、丁国成、阎安

诗人档案

阎安（1965~　），原名阎延安。生于陕北乡村。诗人、作家。中国作家协会会员。1995年参加《诗刊》社第十三届“青春诗会”。2014年以诗集《整理石头》获第六届鲁迅文学奖诗歌奖。已出版《整理石头》《与蜘蛛同在的大地》《乌鸦掠过老城上空》《玩具城》《蓝孩子的七个夏天》《自然主义者的庄园》《无头者的峡谷》《时间患者》《鱼王》等多部著作。有部分作品被译成俄语、英语、日语、韩语在国外出版发行。

我喜欢玻璃的原因

阎　安

我喜欢玻璃
是其中包含着比刀子更尖锐
但却不事杀生的锐角
我喜欢碎玻璃
是每一块碎玻璃所代表的锐角
都无法借助平面去完成丈量
我喜欢碎玻璃上的裂缝
是因为那是无法丈量的锐角的裂缝
是按照乌云酿成闪电的原理而诞生的裂缝
是只有可以徒手搏取闪电并以之为美的人
才能像驾驭花卉一样驾驭的裂缝

我喜欢玻璃的原因

阎安

我喜欢玻璃
是其中包含着比刀子更尖锐
但却不事杀生的锐角
我喜欢碎玻璃
是每一块碎玻璃所代表的锐角
都无法借助平面去完成丈量
我喜欢碎玻璃上的裂缝
是因为那是无法丈量的锐角的裂缝
是按照乌云酿成闪电的原理而诞生的裂缝
是只有可以徒手搏取闪电并以之为美的人
才能像驾驭花卉一样驾驭的裂缝

诗人档案

杨晓民（1966～　），河南固始人。毕业于武汉大学中文系。1980年开始发表作品。1995年参加《诗刊》社第十三届“青春诗会”。2001年加入中国作家协会。著有诗集《羞涩》，散文集《江南》《徽州》《徽商》，主编《百年百首经典诗歌》《中国当代青年诗人诗选》等。策划了2005年、2006年新年新诗会。作品获《人民文学》诗歌奖，诗集《羞涩》获第二届鲁迅文学奖，电视系列片《江南》《徽州》获第十七、十八届全国电视文艺星光奖节目一等奖、最佳撰稿奖。

马

杨晓民

天空的马　奔腾的天空
在落日里消逝
一团火来自马的体内
优美而危险

从被踏碎的梦幻归来
在一个即将重来的黄昏
我勒马劈云
渴望在疾驰的黑夜
在火的加速里
宁静如初

马

杨晓民

天空的马　奔腾的天空
在落日里消逝
一团火来自马的体内
优美而危险

从破碎的梦幻归来
在一个即将重来的黄昏
我勒马劈云
渴望在疾驰的黑夜
　　在火的加速里
宁静如初

诗人档案

伊沙（1966~　），原名吴文健。诗人、作家、批评家、翻译家、编选家。生于四川成都。1989年毕业于北京师范大学中文系。1995年参加《诗刊》社第十三届“青春诗会”。出版著、译、编百余部作品。获美国亨利·鲁斯基金会中文诗歌奖金、韩国“亚洲诗人奖”以及中国国内数十项诗歌奖项。

呼尔嗨哟

伊　沙

事故发生在某次搬迁中
一座新的大楼
面前

某家的大立柜
被吊起来啦
由于庞大
无法通过
狭隘的楼道
这个巨无霸
无比悲壮地被吊了起来

一二三四
呼尔嗨哟

围观者目瞪口呆

后来它停在半空
摇摇晃晃
接着继续上升
就要接近八楼的阳台了

一阵惊呼
出了事故
它垂直而下
在空中
翻了十个跟头
轰然坠地
像是自杀
问题出在
绳子上

对于围观者

这是一幕喜剧

只有这家的老爷子
面对散落在地的
几块木板
伤心不已
镇家之宝
已历四世

就怕伤着了
家族的元气
他喃喃自语

呼尔嗨哟

伊沙

事故发生在某次搬迁中
一座新的大楼
面前

某家的大立柜
被吊起来啦
由于庞大
无法通过
狭隘的楼道
这个巨无霸
无比悲壮地
被吊了起来

一二三四
呼尔嗨哟

围观者目瞪口呆

后来它停在半空
摇摇晃晃
接着继续上升
就要接近
八楼的阳台了

一阵惊呼
出了事故
它垂直而下
在空中
翻了十个跟头
轰然坠地
像是负伤
问题出在
绳子上

对于围观者
这是一幕喜剧

只有这家的老爷子
面对散落在地的
几块木板
伤心不已
镇家之宝
已历四世

就怕伤着了
家族的元气
他喃喃地说

1995年作品
刊发于《诗刊》1995年11月号

诗人档案

李岩（1960~　），生于陕西佳县。1995年参加《诗刊》社第十三届“青春诗会”。1989~2009年在《诗刊》发诗六十三首（含长诗）。自印《李岩素描集》《陕北习作：诗选1985~1996》二种，出版《削玻璃：1994~2010诗选》一种。荣获2012年新世纪诗典·李白诗歌奖银奖、第九届长安诗歌大奖·现代诗成就奖。近十余年作品见伊沙主编《新世纪诗典》1~9季。作品被译为日语、英语、德语、韩语。

削玻璃

李　岩

削玻璃——这是不可能的
削玻璃——这是不可能的可能。
削苹果，削梨，削土豆，削木头
玻璃如何削？
如何削掉玻璃透明的皮肤？
——它只能切割。
但我们削玻璃。
这是不可能的可能。因为不可能，才可能。
但是我们削。
像削苹果一样削，像削梨一样削，
像削土豆一样削，像削木头一样削。
像龇牙咧嘴的小工头，剋扣工钱一样削。
像小学生削铅笔那样削，削了再削。
我们不断削，我们不停削，

我们像削玻璃一样削。
但不用刀具削，用心削，用手削，
用感觉去削。用灵魂去削。
正因为不能削，我们才要削。
我们削玻璃，我们削。
我们在它透明的土地上刨，挖，掘，抠。
在边棱上用劲削。咬紧牙关，用疼削。

削玻璃

削玻璃——这是不可能的
削玻璃——这是不可能的可能。
削苹果，削梨，削土豆，削木头
玻璃如何削？
如何削掉玻璃透明的皮肤？
——它只能切割。
但我们削玻璃。
这是不可能的可能。因为不可能，才可能。
但是我们削。
像削苹果一样削，像削梨一样削，
像削土豆一样削，像削木头一样削。
像龇牙咧嘴的小工头，克扣工钱一样削。
像小学生削铅笔那样削，削了再削。
我们不断削，我们不停削，
我们像削玻璃一样削。
但不用刀具削，用心削，用手削，

用感觉去削。用灵魂去削。
正因为不能削，我们才要削。
我们削玻璃，我们削。
我们在无边的土地上刨，挖，掘，抠。
在边棱上用劲削，咬紧牙关，用疼削。

2010.4
李岩 2020.4 抄

诗人档案

乔叶（1972~　），女，河南省修武县人。1995年参加《诗刊》社第十三届“青春诗会”。著有诗集《我突然知道》。现主要从事小说创作和散文创作，出版《最慢的是活着》《认罪书》《拆楼记》《打火机》等作品多部。曾获庄重文文学奖、华语文学传媒大奖、《北京文学》奖、《人民文学》奖以及中国原创小说年度大奖，首届锦绣文学奖等多个文学奖项。2010年以中篇小说《最慢的是活着》，获首届郁达夫小说奖以及第五届鲁迅文学奖。

桃　花

乔　叶

窗外是一树桃花
似乎伸手可及
伸手，却不能及

明明是平等的桃花
其实却是不平等的桃花
桃花的高度在二楼
我想亲近她，必须下到一楼

这就是我和春天的距离
这就是我和爱情的距离

桃花

行叶

窗外是一树桃花
似乎伸手可及
伸手，却不能及

明明是平等的桃花
其实却是不平等的桃花
桃花的高度在二楼
我想亲近她，
必须下到一楼

这就是我和春天的距离
这就是我和爱情的距离

诗人档案

高星（1962~　），生于北京丰台，祖籍河北枣强。诗人、作家。1995年参加《诗刊》社第十三届“青春诗会”。出版图文书《中国乡土手工艺》(一、二、三)、《京华名人踪迹录》、《向着西北走》、《向着东南飞》、《香格里拉文化地图》、《执命向西》、《人往高处走》、《百年百壶》、《神曲版本收藏》，随笔集《屈原的香草与但丁的玫瑰》《镜与书》《夸夸其谈》。出版诗集《词语诗说》《壶言乱语》《转山》《疗伤》等。

我从西直门走到西单去上班

高　星

街上空无一人
你都没有资格说自己是孤独
所有的建筑如同古老的遗物
世界小得在视力消失的边界
时间被阳光和风穿透　空空如也

我走在街上　口罩让语言变成了思想
一件件的回忆在摆弄着道理
结果几乎全被遮蔽

有许多不同的我　在与我一同行走
人的一生不过如此
许多事可有可无，许多时候无所事事
没有什么非我莫属

我从西直门走到西单去上班

高星

街上空无一人
你都没有资格说自己是孤独
所有的建筑如同古老的遗物
世界小得在视力消失的边界
时间被阳光和风穿透 空空如也

我走在街上口罩让语言变成了思想
一件件的回忆在摆弄着道理
结果似乎全被遮蔽

有许多认同的我 在与我一同行走
人的一生不过如此
许多事可有可无 许多时候无所事事
没有什么非我莫属

2020.2.

诗人档案

冯杰（1964~　），河南滑县人，生于长垣。诗人、作家、画家。获过《诗刊》诗歌奖、《星星》诗歌奖、台湾《蓝星》屈原诗歌奖、《联合报》新诗奖、台北文学奖新诗奖等奖项。出版有诗集《一窗晚雪》《布鞋上的海》《翻版的月光》《中原抒情诗》《讨论美学的荷花》《冯杰诗选》《震旦雅雀》，儿童诗集《在西瓜里跳舞》等。现居郑州。

到雪地打草

冯　杰

在雪地打草很难得
四面是一排排雪
雪露出乳牙
雪很整齐
雪在大口大口呼吸

站在雪地
你就想起草棚下的羊了
那是雪下的另一层雪
到雪地打草
很不容易
更需要一种夏天的勇气

到雪地打草　馮傑

在雪地打乾草很難得
四面是一排排雪
雪露出乳牙
雪很整齊
雪在大口大口呼吸
站在雪地
你就想起草棚下的羊了
那是雪下的另一層雪
到雪地打草
很不容易
更需要一種夏天的勇氣

二零二零年六月抄一九八六年三十多年前的詩作這是參加第十三屆青春詩會入選的作品時光流逝而詩留存
馮傑記於鄭州

诗人档案

张战（1963~　），女，湖南长沙人。从教于湖南第一师范学院。中国作家协会会员。1995年参加《诗刊》社第十三届“青春诗会”。出版有诗集《黑色糖果屋》《陌生人》《写给人类孩子的诗》等。

蝉

张　战

整个夏天
我感到所有的蝉都在我体内鸣叫
当我在山间小路行走
我迈不动步子
承受不了它的重量
仿佛一颗颗黑色石头聚集体内
它们的鸣叫
又顽强又狂躁
难道我就是紧裹住它们的夏天
丝一样的皮肤
一个巨大的不透明的茧
这些痛苦的昆虫
是否想以声音作为凿子
最终把夏天凿穿

蝉

张战

整个夏天
我感到所有的蝉都在我体内鸣叫
当我在山间小路行走
我迈不动步子
承受不了它的重量
仿佛一颗颗黑色石头聚集体内
它们的鸣叫
又顽强又狂躁
难道我就是紧裹住它们的夏天
丝一样的皮肤
一个巨大的不透明的茧
这些痛苦的昆虫
是否想以声音作为凿子
最终把夏天凿穿

《诗刊》1995年12月
第十三届"青春诗会"

诗人档案

胡玥（1964~ ），女，中国作家协会会员，现居北京。1984年开始发表诗歌、散文、小说、报告文学等作品。作品散见于《诗刊》《人民日报》《光明日报》《文艺报》《美文》《读者》等报刊杂志。作品被收进多种选集。曾参加《诗刊》社第十三届“青春诗会”。曾获河北省金牛文学奖、全国十佳女诗人奖、全国报纸副刊好作品奖、《光明日报》《美文》杂志优秀作品奖以及金盾文学奖等奖项。出版的主要作品有：胡玥文集四卷本《墨吏》《恐惧》《做局》《惩罚》，诗集《永远的玫瑰》，散文集《为你独斟这杯月色》及长篇小说、短篇小说集、报告文学集十余部。

为你独斟这杯月色

胡　玥

我以十指莲心相携的清纯
为你独斟这杯月色

花期错落已如流水的岁月
你肯再握落寞的红尘于千般情缘之上吗
在此邂逅相逢的梦中
或许你真的尚怀一份爱莲的心
或许你能以目光为桥疾挽易逝的岁月
而与我们失之交臂的又岂止是这样简单的
落花与流水

爱在深秋　在初次结伴而行的山中
虽然不老的青山总会有不老的情缘
而佛乐之外我们为爱所祈的愿。

恰似水中的萍踪
谁在暗中主宰我们情感的命脉
我们相互间的倾吐
竟像莲池里以身相许的月色亦或是
月色中以心相承印的莲

别以桥的永凝不动的姿势看着我
我多想情感的洪水自山中一瀑而下
夷你为我温厚的土地和宽阔的原野
我的最后一把花魂拌着满畔的泪水将和你
为泥
再积尽一生的美丽和柔情的火焰制我为陶
然后就将这悲凉的液体的月色
倾进你手中所握朴素的陶里
以你微观的心
体谅这纯粹的交融
体谅我今生前世所有的悲苦和期待
纵是千古也无法仿制的爱情你一饮而尽吧

在这静如止水的平池的深渊
无人知晓我是在怎样的幸福中
窒息而死

为你独斟这杯月色

胡玥

我以十指莲心相携的清纯
为你独斟这杯月色

花期错落已如流水的岁月
你肯再握落寞的红尘千千般情缘之上吗
在此邂逅相逢的梦中
或许你真的尚怀一份爱恋的心
或许你能以目光为桥疾越易逝的岁月
而与我们失之交臂的又岂止是这样简单的
　落花与流水

爱在深秋　在初次结伴而行的山中
虽然不老的青山总会有不老的情缘
而佛乐之外我们为爱所祈的愿
恰似水中的萍踪
谁在暗中主宰我们情感的命脉
我们相互间的倾吐
竟像莲池里以身相许的月色亦或是
　月色中以心相承印的莲

别以树的永凝不动的姿势看着我
我多想情感的洪水自山中一泻而下
责你为我温厚的土地和宽阔的原野
我的最后一把花魂挟着满腔的泪水将和你
　为泥
再积尽一生的美丽和柔情的火焰制我为陶
然后就将这悲凉的液体的月色
倾进你手中所握朴素的陶里
以你微观的心
体谅这纯粹的交融
体谅我今生前世所有的悲苦和期待
纵是千古也无法仿制的爱情你一饮而尽吧

在这静如止水的平池的深渊
无人知晓我是在怎样的幸福中
　窒息而死

诗人档案

廖志理（1962~　），生于湖南娄底。1983年开始发表诗歌作品，中国作家协会会员。有诗歌在《诗刊》《星星》《人民日报》等多种报刊发表。1995年参加《诗刊》社第十三届“青春诗会”。曾获湖南省青年文学奖。出版有诗集《曙光的微尘》《文艺湘军百家文库·廖志理卷》。

秋　歌

廖志理

阳光在豆荚里结籽的时候
秋光就像叶子一样薄了

园边的水湄　雁声零落
心中的空旷　比秋天去得更远

湖上的大风啊　掠走了丰收
大地　比一只空空的豆壳更空

比冬天更早的　只是一阵寒流
一阵寒流　降到众生的命中

一场雪　将人间横陈的骸骨打扫
另一场雪　将我最后的余生掩埋

秋歌

廖志理

阳光在豆荚里结籽的时候
秋天就象叶子一样薄了

周边的水湄　雁声零落
心中的空旷　比秋天走得更远

湖上的大风啊　掠走了丰收
大地　比一只空空的豆壳更空

比冬天更早的　只是一阵寒流
一阵寒流　降到众生的命中

一场雪　将人间横陈的骸骨打扫
另一场雪　将我最后的余生掩埋

1993.

第十三届“青春诗会”侧记

雷　霆　梅绍静

今年的“青春诗会”在北京一家小招待所里开过了。

音乐有时像流水，有时像钟声，一直叮叮咚咚，一直咚嗡咚嗡，使人不由得气缓神舒，连身姿也模仿起流水和钟韵来。这次的“青春诗会”却似乎没有这么一种统一行动的背景音乐，一共十人，各操各的功法，各走各的套数，如果硬要找共同点的话，大家都不是“人工培育珠”，而更像自生自长的天然珍珠。这里的与会人员作品，或辛辣或轻快，或锋芒毕露或含蓄内敛，都有自己天然的那么一段“淘气”“庄重”。他们的名气都不算很大，他们也都不为名气所累，坚持各自的实验，这种决斗似乎更像和自己（是否“活灵活现”目标）交战，为此，他们也更珍惜自己没喷“农药”的劳动果实。今天，我们给每位诗人较多的篇幅，正是为了充分展示这自然带出的品种的香味和色泽。我们说他们更像天然珍珠，原因还在有的作者发表作品不多，且出手的作品大有被“埋没”之憾，而这样的作品因此似乎更多带了一瓣心香，让我们沉默地领取它吧！

从某种意义上说，只要带有自己的心性、追求的纯朴天然，即使是一块石头也不见得比一粒珍珠廉价。所以，让我们把更多的注意放在这种欣赏的欢喜上，实在是比评价谁成功、谁失败要智慧得多。在这较少限制的版面中，也相信读者会自有公论。

诗会期间，梅绍静老师与胡玥、张战、乔叶（左起）合影

伊沙的近作《人间烟火》，比他过去有了“生活化”的变化，多了叙事及细节的独特观察，原本语言就平易，加上新的变化，使作品又添了几分亲切。他写诗冷静，纵观诗坛后，非常有意识地追求“应该写什么”“怎么写”；他的诗注重群体生活的反映，关心着这个时代正在发生的一切，在写法上针对着打破现代派来立自己的“现代”，已初步显现了作品的社会价值。我们尽可能选发他的新作，因为他的艺术追求在这些篇什中更具代表性。

冯杰的诗集《一窗晚雪》是中原农民出版社出版的，他自己称收在集中的乡土诗是“不要主义，只有乡土”。他反对伪庄严感这种形而上的东西曾给予这个世界过分的多情。力求“漫不经心”，“禅意”盎然而非“蝉意盎然”，去掉噪音就是他的艺术追求。他认为“不妨从诗与散文的边缘中去翻晒同一片新鲜的乡土，因为乡土是永恒的，感觉常常是刹那间的。”我们可以从这些和廖志理完全不同的乡土诗中读到冷静的思考、新鲜的喜悦和中国古典诗歌的影响。冯杰捎给读者的是不是“最乡土的问候”？我们想，他那在打麦场上的趾缝会告诉您。瞬间的灵气甚至会叫脚趾头也能说话呢！他的诗句很多独特的、唯他才有的新鲜意象。堆言的妙处或许还在诗之外，但诗人能让你同他一起领会到这一点，这已经是某种“巨大”的成功。祝愿这些不类工笔、更似写意的作品更多。

张战的诗作是从她的许多本日记似的诗中随便抓阄般抓出来的，她写得不刻意，但你可以从这些看似随便记来的“断章残片”中，发现她深邃的思索和敏感的体验。比起别的诗人来，她似更多内在的生

第十三届“青春诗会”期间，胡玥（右）与梅绍静老师合影

命冲动和包容。语言像草色一般不打眼，可是你却会被这些莫名的小草打动，被它的青翠与气味吸引。这是纯天然的东西。你会对自己说，而仅仅是这一点，似乎也是可宝贵的。我相信张战在家中那浩瀚日记诗页中，还埋藏着大量的素材与佳作。真遗憾，我们只能望洋兴叹。但这只是开始，仅仅拥有一个“大洋”，已可使张战怀抱着充实和更逼近的未来了。倘若她再多些“操作”。而不仅仅感觉怎样就是怎样，具备更扎实的内在修炼时的理论，目前这看似无框框的某种“封闭”状态会有突破。

胡玥的诗朴实、温柔，多抒写友谊、爱情。她本是位武警，整天接触最复杂的东西，社会上的犯罪、黑暗……这些反过来促使胡玥更重视个人生活、小家、爱和温情。这也是她写作的特点，是她本人看重的。我们在她诗中看到的不仅仅是女诗人，而是一位年轻的妻子、妈妈，是她心灵中很强的捕捉这片天地中“真善美”的推动力量。胡玥的写诗才能使她的生活平衡，她是生活的强者。我们看她的诗，有不注重精炼句子和修辞的缺点，似还应考虑，文学不仅是给自己，也是给别人看的，应尽可能将完美艺术品给他人。

阎安是初次和大家见面。他的诗较有力度，厚重得像在黄土高原上讲话。但是我们要说，他不仅凭借了山峦拢音，而且因为他本人有对诗是道义上的理解，是因为他的追求和心灵中有黄土般的使命与承载。这里的五首诗一定会给大家留下一个绝不小巧玲珑的印象。它们大气、深沉、凝重，就是西北一扇悄然打开的门，就是一座逃亡在外的孤城。很苍茫的感觉让阎安的这些诗句道出来了："打开的门内空无一物／我是其中之一／我父亲在我之后／我父亲之后是深远的大漠。"阎安这组诗中透出的倾向也有"空泛"的"小尾巴"，在他的另几首长诗中这种缺陷表现得似更为突出。他的使命感更需他今后在艺术上"迈大步"。

李岩的诗以歌谣风格显得突出。作者从黄土的另一面，流水小溪的一面，歌唱心中的向往和追求，很有特色。李岩的画也和他的诗一样，别有一种跟谁都不一样的思路。您看他的诗得抛开自己以往的陈腐的审美经验，去和他内心的纯朴沟通，您会读懂它也会喜欢它。他和阎安不一样，他不去搬动黄土大塬，他只移动大塬上的一团云，让他的歌在那团云下飞旋，但是读过了，也能获得极为阔大的感受，他的驾驭能力也并不比有"伟"力般的作者差。应该说这种风格变出米的几种语式，都是可读的。作者说他喜欢洛尔伽，能够"脱离"黄土写诗，对李岩来说，也是多么不易啊！对有争议的《小妇人》《颂歌小曲》，我们也采取了包容并拿给读者检验的态度。

杨晓民的《石鸟》《故道》通过个人感受写历史、写更广泛的人的生活，也有相当的力度。正如他所说：诗歌的力量最终取决于灵魂的品格、广度与深度。即使他认为"诗歌面对诸多的尴尬"，实际上仍力求和整个生活联系，代表了他的创作思想。

乔叶是最年轻的，她观察细致，写作精心，很有灵气。她总是能从极普通的生活中看到诗，很快从中找到有价值的东西。她的散文也是这样。乔叶在平淡地步行上班，平淡地在开会中、机关生活中度过她的时光，但

诗会期间，雷霆老师与乔叶合影

这是只有年轻才有的可爱的“平淡”。

长期生活在农村的廖志理，农民的艰苦使他性格压抑，诗句也不是狗吠童叫那种轻快，沉重的《秋歌》《流萤》便是这种生活的缩影。他的艺术追求坚执、急迫，以诗的结构和意象营造了焕然一新的情调、旋律和意境。但是不是也有这种可能？制高点、最高点就是痛苦，虽然有时也意识到生活中还有欢乐、幸福、爱情，但一写到这些，就感觉没有了诗，这是不是错觉？也许他会意识到，自己的诗要以痛苦达到崇高，不能陷进去，出不来，还应有更多有关诗的冷静的思索。痛苦还应有真正的出路：不是毫无希望。

高星是个洒脱的人，他涉猎广泛，以轻松的心对待生活，写诗显得从容不迫。他在文化大师生活中汲取生气，而不仅仅是学习他们的艺术。文化作为他写诗的内容和人生观，无疑是主张人应积极地生活、创造、劳动。他的西域小短句中蕴含的人、人群、诗的大感觉使人过目难忘。《一种对比》留下铿锵。而另一些调侃类的作品，一样可读。这些语句后仿佛一直有一张善良的面孔。

总之，这里没有神童，也没有造神的人。但我们会从诗中世界淘到金沙。这些同一个人演奏的不同的风格的曲子会给您什么启发呢？这批青春诗作不仅是难以分类，就是同一位诗人自己也有不同的表现。这可能就是本次诗会最大的特征。愿我们的十位诗人带给您黎明时照镜的清新，诗永远是人生的黎明，也永远是生活的一面“镜子”……

青春诗会

第十四届

1997

第十四届（1997年）

时间：

1997年12月15日～19日

地点：

北京社会主义学院

指导老师：

李小雨、邹静之、周所同

参会学员（18人）：

谢湘南、大　卫、李元胜、祝凤鸣、古　马、樊忠慰、陆　苏、张绍民、邹汉明、刘希全、代　薇、娜　夜、沈　苇、简　人、阿　信、吴　兵、庞　培、臧　棣

第十四届“青春诗会”指导老师与学员合影。前排左起：沈苇、李小雨、娜夜、雷霆、寇宗鄂、庞培、张绍民；后排左起：陆苏、祝凤鸣、邹汉明、代薇、吴兵、大卫、古马、刘希全、张洪波、谢湘南、阿信

诗人档案

谢湘南（1974~　），出生于湖南省耒阳市。诗人、媒体人、艺术评论人。1997年参加《诗刊》社第十四届“青春诗会”。2000年个人诗集《零点的搬运工》入选“21世纪文学之星丛书”出版。著有长诗选集《过敏史》《谢湘南诗选》《深圳时间》《深圳诗章》等。曾获第七届广东省鲁迅文学奖、《深圳青年》文学奖、《诗选刊》2010年度最佳诗歌奖、“深圳年度十大佳著”等奖项。曾参与民间诗刊《外遇》《白诗歌》的编辑，诗作入选上百种当代诗歌选本。

呼　吸

谢湘南

风扇静止
毛巾静止
口杯和牙刷静止
邻床正演绎着张学友
旅行袋静止
横七竖八的衣和裤静止
绿色的拖鞋和红色的塑胶桶静止
我想写诗却点燃一支烟
墙壁上有微笑和透明的女人
有嚼过的口香糖
还有被屠宰的蚊子的血

这是五金厂 106 室男工宿舍
这是距春节还有十八天的

不冷不热的冬季
这是一个星期天的晚上
　九点半

第一个铺位的人去卖面条了
第二个铺位的人给人修表去了
第三个铺位的人去“拍拖”去了
第四个铺位的人在大门口“守着”电视
第五个铺位的人正被香烟点燃眼泪
第六个铺位的人仍然醉着张学友
第七个铺位的人和老乡聊着陕西
第八个铺位　没人
居住　还有三位先生
　　　不　知　去　向

呼吸

谢湘南

风扇静止
毛巾静止
口杯和牙刷静止
邻床正演绎着张学友
旅行袋静止
横七竖八的衣和裤静止
绿色的拖鞋和红色的橡胶桶静止
我想写诗却点燃一支烟
墙壁上有微笑和透明的女人
有嚼过的口香糖
还有被屠宰的蚊子的血

这是五金厂106室男工宿舍
这是距春节还有十八天的
不冷不热的冬季
这是一个星期六的晚上的
九点半

第一个铺位的人去买面条了
第二个铺位的人给人修表去了
第三个铺位的人去“拍拖”了
第四个铺位的人在大门口“守着”电视
第五个铺位的人正被香烟点燃眼泪
第六个铺位的人依然醉着张学友
第七个铺位的人和老乡聊着陕西
第八个铺位 没人
居住 还有三位先生
不知去向

诗人档案

大卫（1968~ ），本名魏峰。生于江苏睢宁，现居北京。中国作家协会会员。1997年曾参加《诗刊》社第十四届“青春诗会”。曾被读者以网络投票方式入选“中国十大优秀诗人”。作品被翻译成英语、法语、日语等文字。著有随笔集《二手苍茫》《爱情股市》《别解开第三颗纽扣》《魏晋风流》，诗集《荡漾》等。

荡　漾

大　卫

从额头到指尖，暂时还没有
比你更美好的事物
三千青丝，每一根都是我的
和大海比荡漾，你显然更胜一筹
亲，我爱你腹部的十万亩玫瑰
也爱你舌尖上小剂量的毒

百合不在的时辰
我就是暮色里的那个村庄
而孤独，不过是个只会摇着
波浪鼓的小小货郎
我喜欢这命中注定的相遇
你的眼神比天鹅更诱人
这喜悦的早晨

这狂欢的黄昏

没有比你再美丽的神
积攒了多少年的高贵
仿佛就是为了这一个小时的贱作准备
你是我的女人，更像我的仇人
不通过落日，我照样完成了一次辉煌的蹂躏

蕾丝

大卫

从额头到指尖，暂时还没有
比你更美好的事物
三千青丝，每一根都是我的
和大海比蕾丝，你显然更胜一筹
亲，我爱你腹部的十万亩玫瑰
也爱你耳朵上小剂量的毒

百合不在的时辰
我就是暮色里的那个村庄
的孤独，不过是个总会摇着
拨浪鼓的小小货郎
喜欢这命中注定的相遇

你的眼神比天鹅更迷人
这喜悦的早晨
这狂欢的黄昏

没有比你再美丽的神
积攒了多少年的高贵
仿佛就是为了这一个小时的戏
作准备，你是我的女人
更像我的仇人
不通过落日
我照样完成了一次辉煌的蹂躏

选自诗集“荡漾”

诗人
档案

李元胜（1963~　），出生于四川叙永。诗人、博物旅行家。重庆文学院专业作家，1981 年开始诗歌创作。1997 年参加《诗刊》社第十四届“青春诗会”。著有《李元胜诗选》等数十部诗集并出版有随笔集、散文集、长篇小说集。曾获第六届鲁迅文学奖、《诗刊》年度诗人奖、《人民文学》奖、《十月》文学奖、重庆市科技进步二等奖等奖项。

怀　疑

李元胜

我一直怀疑
在我急着赶路的时候
有人把我的家乡
偷偷搬到了另一个地方

我一直怀疑
有人在偷偷搬动着
我曾经深爱着的事物
我的回忆
如今只剩下光秃秃的山丘

一个人究竟应该走多远
在这个遥远的城市
我开始怀疑

盲目奔赴的价值

在许多的一生中
人们不过是满怀希望的司机
急匆匆跑完全程
却不知不觉
仅仅载着一车夜色回家

怀疑

我一直怀疑
在我急着走路的时候
有人把我的家乡
偷偷搬到另一个地方

我一直怀疑
有人在偷偷搬动着
我曾经深爱着的事物
我的回忆
如今只剩下光秃秃的山丘

一个人究竟应该走多远
在这个遥远的城市
我开始怀疑
前月奔赴的价值

在许多人的一生中
人们不过是满怀希望的司机
急匆匆跑完全程
却不知不觉
白白载着一车夜色回家

李[illegible] 1997.4.21.

诗人档案

古马（1966～　），甘肃武威人。写诗三十多年。1997年参加《诗刊》社第十四届“青春诗会”。出版诗集《胭脂牛角》《西风古马》《古马的诗》《红灯照墨》《落日谣》《大河源》等。现居兰州。

青海的草

古　马

二月呵，马蹄轻些再轻些
别让积雪下的白骨误作千里之外的捣衣声

和岩石蹲在一起
三月的风也学会沉默

而四月的马背上
一朵爱唱歌的云散开青草的发辫

青青的阳光漂洗着灵魂的旧衣裳
蝴蝶干净又新鲜

蝴蝶蝴蝶
青海柔嫩的草尖上晾着地狱晒着天堂

青海的草

古马

二月呵，马蹄轻些再轻些
别让积雪下的白骨误作千里之外的捣衣声

和岩石蹲在一起
三月的风也学会沉默

而四月的马背上
一朵爱唱歌的云散开青草的发辫

青青的阳光漂洗着灵魂的旧衣裳
蝴蝶干净又新鲜

蝴蝶蝴蝶
青海柔嫩的草尖上晾着她们晒着天堂

1998.4.2.

诗人档案

樊忠慰（1968~　），生于云南盐津县兴隆乡。中国作家协会会员，创作诗歌2600余首，1997年参加《诗刊》社第十四届“青春诗会”。有诗被译介到国外。出版诗集《绿太阳》《家园》《雏鸟》《渴死的水》《精神病日记》《冥想与咏叹》《虚名与诗》《说或不说》。另出版有《樊忠慰诗歌评论集》。曾获鲁迅文学奖诗歌提名奖、云南文艺基金奖、云南文化精品工程奖等奖项。

我爱你

樊忠慰

我爱你，看不见你的时候
我最想说这话
看见了你，我又不敢说
我怕我说了这话就死去
我不怕死，只怕我死了
没有人比我更爱你

我爱你

樊忠慰

我爱你，看不见你的时候
我最想说这话
看见了你，我又不敢说
我怕我说了这话就死去
我不怕死，只怕我死了
没有人比我更爱你

1998年《诗刊》3期

诗人档案

陆苏（1970~　），女，浙江富阳人。中国作家协会会员。畅销书作家、诗人。1997年参加《诗刊》社第十四届“青春诗会”。已出版作品有：《蔷薇诗笺》《苹果之爱》《云亦无心》《重归一朵山花的宁静》《小心轻放的光阴》《小心轻放的光阴2》《把日子过成诗》《向暖而生》等。

微　笑

陆　苏

还在路上的白雪
说好要来的黄酒
擦得铮亮的银碗

火炉上向暖小跑的铜壶
饭桌上低眉安坐的木筷
门楣上屏住呼吸的高兴
花树上明媚弯腰的春天

这微笑的黄昏
这欢喜的良辰

开窗等雪
点灯等暖

微笑

还在路上的白雪
说好要来的黄酒
擦得锃亮的银碗

火炉上向暖小跑的铜壶
饭桌上低眉安坐的木筷
门楣上屏住呼吸的高兴
花树上明媚学睡的春天

这微笑的黄昏
这欢喜的良辰

开窗等雪
点灯等暖

陆苏
2020.08.08

诗人档案

张绍民（1970～　），诗人，作家。1997年参加《诗刊》社第十四届“青春诗会”。出版过诗集、长篇小说和文化、教育类书籍。曾获《人民文学》《诗刊》《儿童文学》杂志诗歌奖，诗歌《从前的月光》获第二届短信文学大奖赛最高奖项金拇指奖。

窝（外一首）

张绍民

饭碗是一生的窝
它一翻身
就成了坟

房　租

在娘身上十个月
我一生也交不起这房租
母亲给了我最为美好的人生空间

窝

饭碗是一生的窝
它一翻身
就成了坟

房租

在娘身上十个月
我一生也交不起这房租
母亲给了我最为美好的人生空间

2003年3期《诗刊》上半月刊

张绍民

诗人档案

邹汉明（1966~　），生于浙江桐乡。诗人。中国作家协会会员。创作以诗、散文为主，兼及文史、文论与诗歌批评。1997年参加《诗刊》社第十四届“青春诗会”。近年在《山花》《十月》《花城》《诗刊》《中国作家》《散文》等文学刊物发表作品。出版有《江南词典》《少年游》《桐乡影记》《炉头三记》《嘉禾丛谭》等十一种著作。传记《穆旦传》等即将出版。

星空下的木心美术馆

邹汉明

这年夏天巴尔扎克舅舅来乌镇
专门辟出一个大房间安顿他

他整天笑嘻嘻的
一边递烟，一边说着俏皮话
还舅舅长，舅舅短
惦记舅舅的胖脸和家里丢失的宋碗

陪了他们两小时
一个浑身汉语，一个浑身法语
两位老人兴致高
我却满头大汗

野力散尽的后半夜

小河水都安静下来
一颗星孤独地走到水底下
吱的一声，就那么一声
星光如弹下的烟灰
撤灭在美术馆的水池

星空下的木心美术馆

邹洪明

这年夏天也给扎克舅舅来缠
专门辟出一个大房间安顿他

他整天笑嘻嘻的
一边递烟，一边说着俏皮话
还舅舅长，舅舅短
惦记舅舅的胖腮和家里丢失的宝贝

除了他们两小时
一个浑身汉语、一个浑身法语
两位老人兴致高
我却满头大汗

野力散尽的后半夜
小河水都安静下来
一颗星孤独地走到水底下
咚的一声，就那么一声
星光如弹下的烟灰
撒天在美人沐浴的水池

2019年

诗人档案

代薇（1969~　），女，祖籍宁波，生于成都，长在重庆。当代女诗人、专栏作家、新闻记者。中国作家协会会员。著有诗集三部，另有散文随笔若干。曾获《十月》诗歌奖、漓江出版社首届年度诗歌特别推荐奖、新世纪中国诗歌十大名作奖等奖项。1997年参加《诗刊》社第十四届“青春诗会”。现居南京。

绽　放

代　薇

在山里
看见一棵树
繁花似锦
美得那么偏僻

此刻，你会发现
赞美与掌声
都是因为表演

没有见证的绽放
才是真正的花开

绽放

代薇

在山里
看见一棵树
繁花似锦
美得那么偏僻

此刻，你会发现
赞美与掌声
都是因为表演

没有见证的绽放
才是真正的花开

诗人档案

娜夜（1964~　），女，生于辽宁兴城。在西北成长。南京大学中文系毕业。二十世纪八十年代中期开始诗歌写作。1997年参加《诗刊》社第十四届“青春诗会”。出版诗集《起风了》《睡前书》《个人简历》《神在我们喜欢的事物里》多部。曾获第三届鲁迅文学奖、《人民文学》诗歌奖、《十月》文学奖、天问诗人奖等奖项，中宣部“四个一批”人才称号。

生　活

娜　夜

我珍爱过你
像小时候珍爱一颗黑糖球
舔一口马上用糖纸包上
再舔一口
舔的越来越慢
包的越来越快
现在　只剩下我和糖纸了
我必须忍住：忧伤

生活

娜夜

我珍惜你
像小时候珍惜一颗黑糖球
舔一口
马上用糖纸包上
再舔一口
舔着 越来越慢
包着 越来越快
现在 只剩下我和糖纸了
我必须忍住：不哭

1997. 7

诗人档案

沈苇（1965~　），浙江湖州人。曾在新疆生活工作30年。现为浙江传媒学院教授。著有诗集《沈苇诗选》、散文集《新疆词典》、诗学随笔集《正午的诗神》等二十余部，并有编著和舞台艺术作品多部。获第一届鲁迅文学奖、华语文学传媒大奖、《十月》文学奖、刘丽安诗歌奖、柔刚诗歌奖，花地文学榜年度诗歌金奖等奖项。作品被译成英、法、俄、西、日、韩等十余种文字。

沙

沈　苇

数一数沙吧
就像你在恒河做过的那样
数一数大漠的浩瀚
数一数撒哈拉的魂灵
多么纯粹的沙，你是其中一粒
被自己放大，又归于细小、寂静
数一数沙吧
如果不是柽柳的提醒
空间已是时间
时间正在显现红海的地貌
西就是东，北就是南
埃及，就是印度
撒哈拉，就是塔里木
四个方向，汇聚成此刻的一粒沙

你逃离家乡
逃离一滴水的跟随
却被一粒沙占有
数一数沙吧，直到
沙从你眼中夺眶而出
沙在你心里流泻不已……

沙

沈苇

数一数沙吧
就像你在恒河做过的那样
数一数大漠的浩瀚
数一数撒哈拉的魂灵
多么纯粹的沙，你是其中一粒
被自己放大，又归于细小、寂静
数一数沙吧
如果不是怪柳的提醒
空间已是时间
时间正在呈现红海的地貌
西就是东，北就是南
埃及，就是印度
撒哈拉，就是塔里木
四个方向，汇聚成
此刻的一粒沙

你逃离家乡
逃离一滴水的跟随
却被一粒沙占有
数一数沙吧，直到
沙从你眼中夺眶而出
沙在你心里流泻不已……

2013年

诗人档案

简人（1969~　），原名李云良，浙江人。1997年参加《诗刊》社第十四届“青春诗会”。作品散见国内刊物及多种诗选，获奖若干。著有诗集《昨夜》《纪念》。游记随笔集《独自上路，大香格里拉私旅行》《偷一段时光在路上——东北大地的极致诱惑》。现居浙江乐清。

深夜，听见一列火车经过乡下

简　人

你是先听到一种声音
像一个人的咳嗽
你不相信这是真的
这么晚了
大地静悄悄
一丝风也没有

你是先听到一种声音
你感到它一点点追过来
你甚至
来不及看清它的模样
火车就在平原上一闪而过

它一闪而过

却将你抛入更大的寂静
你望着它渐渐远去
渐渐与黎明撞成一片

不知怎的
你老是在想那种声音
老是竖着听觉
风开始在麦垛上来回走动
你感到
内心却出奇的安宁

深夜，听见一列火车隆隆驶下

简人

你是先听到一种声音
像一个人的咳嗽
你不相信这是真的
这么晚了
大地静悄悄
一丝风也没有

你是先听到一种声音
你感到它一点点逼过来
你甚至
来不及看清它的模样
火车就在平原上一闪而过

它一闪而过
却将你抛入更加巨大的寂静
你望着它渐渐远去
渐渐与黎明撞成一片

不知怎的
你老是在想那种声音
老是竖着听觉
风开始在麦垛上来回走动
你感到
内心却出奇的安宁.

诗人档案

阿信（1964~　），甘肃临洮人，长期在甘南藏区工作、生活。1997年参加《诗刊》社第十四届“青春诗会”。著有《阿信的诗》《草地诗篇》《那些年，在桑多河边》《惊喜记》等多部诗集。曾获徐志摩诗歌奖（2015）、西部文学奖（2016）、中国“十大好诗”（2017）、昌耀诗歌奖（2018）、《诗刊》2018陈子昂年度诗人奖等奖项。

河曲马场

阿　信

仅仅二十年，那些林间的马，河边的马
雨水中，脊背发光的马；与幼驹一起
在逆光中静静啮食时光的马
三五成群，长鬃垂向暮晚和河风的马
远雷一样从天边滚过的马……
一匹也看不见了
有人说，马在这个时代是彻底没有用了
牧人也不愿再去牧养它们
而我在想：人不需要的，也许
神还需要
在天空，在高高的云端
我看见它们在那里，我可以把它们
一匹匹牵出来

河曲马场

阿信

仅仅二十年，那些林间的马，河边的马
雨水中，脊背发光的马；与幼驹一起
在逆光中静静啮食时光的马
三五成群，长鬃垂向暮晚和河风的马
远雷一样从天边滚过的马……
一匹也看不见了
有人说，马在这个时代是彻底没有用了
牧人也不愿再去牧养它们
而我在想：人不需要的，也许
神还需要
在天空，在高高的云端
我看见它们在那里，我可以把它们
一匹匹牵出来

（2016）

诗人档案

庞培(1962~)，生于江苏苏州。二十世纪八十年代初开始写作。1985年发表小说处女作，其后发表诗歌，1997年出版第一本书《低语》并参加《诗刊》社第十四届“青春诗会”。有诗集三部、其他著作二十余部问世。诗作获1995年首届刘丽安诗歌奖，第六届柔刚诗歌奖，第四届张枣诗歌奖；散文曾获第二届孙犁奖。2005年和诗界同仁参与策划年度江南最大的诗歌雅集“三月三诗会”活动，迄今已历十六届。并创办“江南民谣诗歌联盟”“大运河民谣诗歌节”“江阴民谣诗歌节”，凡数十载。现居江苏江阴。

到树林去

庞 培

树林里有人的故事
绿色的人的故事
有一阵风吹走沙土
一团耀眼的爱恋

远远的山脚下
静谧村庄眯缝着眼
千百年的石人石马
湮没坍塌在草丛

当故事经过荒凉墓道
树林哭泣。没有泪滴
夕阳染红天际
如同英雄跃马向前

夜幕在簌簌风中降临
群山铭记辽阔
但田野已经破损
伸展冬夜的悲伤

到树林去

庞培

树林里有人的故事
绿色的人的故事
有一阵风吹走沙土
一团耀眼的爱恋

远远的山脚下
静僻村庄眯缝着眼
千百年的石人石马
湮没坍塌在草丛

当故事经过荒凉墓道
树林哭泣。没有泪滴
夕阳染红天际
如同英雄跃马向前

夜幕在簌簌风中降临
群山铭记辽阔
但田野已经破损
伸展冬夜的悲伤

2020
二零二零年肆月廿肆夜手录

诗人档案

臧棣（1964~　），出生于北京，毕业于北京大学，1997年获得文学博士学位。1997年参加《诗刊》社第十四届“青春诗会”。1999年至2000年任美国加州大学戴维斯校区访问学者。曾获《作家》杂志 2000年度诗歌奖等奖项。著有诗集《燕园纪事》《风吹草动》《新鲜的荆棘》。编选有《里尔克诗选》、《1998年中国最佳诗歌》、《北大诗选》(与西渡合编)。现任北京大学中文系教授。

树语者简史

臧　棣

和一株安静的樱桃树度过
一个下午，你会觉得
这世界可怕地误解过喜鹊
存在的意义，而且不止一次；
而喜鹊却从未误解过
这世界的能见度。青石冰凉，
坐上去的话，温暖必另有来源；
风轻轻吹着春天的神经，
从丁香到樱挑，颤动的花影
带来了夺目的积极性，
将绚烂纠正为一种用途
是的。真没准半个圣徒
就能令内心独立于时间的效果；
毕竟，你不可能和一只喜鹊

度过一个下午，它们太活泼，
即使有完美的枝条，它们
也不会多待一秒钟；从传话者
到追逐者，有几个瞬间
它们甚至嘲笑你弄丢了
你身上的翅膀；它们的叫喊
听上去像噪音的时候多
像天籁的时候少：除非你
起身拍打尘土时，愿意承认
一个人确实不必羞涩于
他已能用土语，瞒过灵魂出窍
和影子完成一次真实的对话。

树语者简史

臧棣

和一株安静的樱桃树度过
一个下午，你会觉得
这世界可怕地误解过喜鹊
存在的意义，而且不止一次；
而喜鹊却从未误解过
这世界的能见度。青石冰凉，
坐上去的话，温暖必另有来源；
风轻轻吹着春天的神经，
从丁香到樱桃，颤动的花影
带来了夺目的积极性，
将绚烂纠正为一种用途
是的。真没准某个圣徒
就能令内心独立于时间的数量；
毕竟，你不可能和一只喜鹊
度过一个下午。它们太活泼，
即使有完美的技术，它们
也不会多待一秒钟；从佳话者
到追逐者，有几个瞬间
它们甚至嘲笑你寻丢了
你身上的翅膀；它们的叫喊
听上去像噪音的时候多
像天籁的时候少；除非你、
起身拍打尘土时，愿意承认
一个人确实不必羞涩于
他已能用土语，瞒过灵魂出窍
和影子完成一次真实的对话。

2020年4月9日

让世界从诗开始

——第十四届“青春诗会”侧记

李小雨　邹静之　周所同

1997，岁末。暖冬。北京社会主义学院内，阳光和大片的鸽群同样灿烂。来自全国十一个省地的十六位青年诗人济济一堂（两位未到会），《诗刊》社第十四届“青春诗会”拉开了帷幕。这是自1980年首届“青春诗会”以来规模最大，并颇具代表性和涵盖面（大学副教授与农村打工族同在，也有获“鲁迅文学奖单项奖”的青年诗人，出席全国青年作家创作座谈会的代表，一些诗人也都曾获过各类省级以上大奖），历时五天的一次诗的盛会，也是《诗刊》社对90年代青年诗歌创作的一次检阅和回眸。

开幕式上，老主编杨子敏言简意赅，表达了自己真诚的祝愿。

新主编高洪波热情洋溢的演讲，为“青春诗会”添了几缕温馨。

他说到诗人伊沙有一句：饿死你们，狗日的诗人。这话在河北全国青创会上引起很大议论。诗人有可能被饿死。他说到但无论如何，每个人都应固守一份诗意人生，这是一份无价的财富。他说到该如何具备大家气度，修炼人格与艺术。他说到诗坛是多么需要“新鲜的声音”，未来的“跨世纪”和“花季少年”……

对诗会寄予厚望的还有丁国成、叶延滨、朱先树、寇宗鄂、雷霆……

在第十四届青春诗会上，谢湘南与李小雨老师合影

此间，各界诗友也闻讯赶来，或研讨问题，或以棋会友，或挥拍纵横（乒乓球赛），或放歌助兴，徐敬亚、林莽、陈永春、刘福春、金蝉、方文、张洪波……

短短五天，十八叠散发着墨香的青年诗人的作品，静静的，沉沉的，躺在桌上，向我们发言。

从一数到十八

这次诗会最显示活力的竟是两位湖南籍老乡，又同在深圳打工的谢湘南、张绍民。两人经历相同，都是中学毕业后来到深圳，咫尺天涯，竟互不相识。他们的诗，表现出了生活极大的力量和生命的本真。谢湘南，23岁，是此次诗会中年龄最小的。流水线和男工宿舍是他表现最多的内容。拖鞋、橡胶桶、蚊子的血、一勺子白菜汤和炒米粉……太平常的就是最新鲜的，谁会想到它们能入诗并带来强大的震撼？他用这种冷静得看似无意义的细节呈现诠释生活，带有某种工业化社会中的后现代的味道。

张绍民是个能赤脚挑300斤担子的矮壮伙计，来北京开会的前一刻还在泥水中盖房。他流浪四方，曾在公园里睡过四十多天，每天只吃一顿饭，对物质要求几乎到了最原始的生存。他为人洗过车，看过门，搞过卫生，开过机器……贫困并不耽误他像哲人一样思考。他以诗为生命，每日写诗到“忘记了饥饿、道德和泪水”。他的诗充满来自山野自然间的独特思考和常人意想不到的真理，直接、精彩。诗会期间，他谈到当代文学时说“现在的美是脆弱的”，因为他亲历了灾难时人们悲壮的逃亡。谈到改诗时，他说“闪电是不能被修改的”“修辞是下贱的”“写诗只要800字就够用了，再多则成为负担”。他对泥土说：“这世界上只有身体是自己的”，“土地已经很旧了。”他把感情都隐藏在冷峻的字里行间，面对强大的生活，你能感到他的内心和他的准则的更为强大。

樊忠慰，这位远在云南边地的诗人，他的诗也被编辑称为“野麦子”一类。它们热烈得粗糙，奇诡得有时不近人情，但却有鲜活的血液在膨胀，有朴素得近乎白描的口语在流动，它们野性的、民间的生命在中国这块土地上是如此的旺盛。

与此形成鲜明对比的是李元胜、庞培、臧棣的充满了学者气息的诗。李元胜这个瘦高机灵的重庆小伙子是这次的围棋赛冠军，他写诗早有成绩，近来又从长篇小说回归了诗。他以天真的眼睛看世界，化繁为简，他的诗很有外国诗的味道，但语言又轻松易读，很有思想内涵。虎背熊腰的庞培是个横渡长江的好汉，他严峻的面容和小平头怎么看都与他那些充满忧伤、沉思的细腻的诗“不搭界”。他也是散文、小说、诗歌的“多栖类动物”，但他的散文和小说中都洋溢着谨慎的诗美——一种江南小镇古旧的、浪漫的气息，如午后的一缕斜阳。臧棣的诗冷静、精致。在北大读了博士又留校任教以后，他的诗与过去大不相同，越显出一种知识分子对现实处境的思考、追诉，并带有淡淡反讽的意味。

20世纪末的诗人，面对一个世纪的夕阳，总不免要怀旧，“应该对自己经历过的一切负有责任”。南方童年里的乡村给祝凤鸣、邹汉明、李云良（简人）留下了如此深刻的印象。他们都歌唱农村，却又各不相同。祝凤鸣将乡村整体氛围表现得完整而凝神，河滩和星空里时间在流逝，诗人怀抱的是对乡村的理解和沉甸甸的自责，只留下慨叹和忧伤！邹汉明的诗中写尽他最爱说的一个词：含烟。如雾，如露，如电。他是乡村教师，作品也有着阳光般的亲切和孩子般轻盈的脚步。而简人抛弃了以往写熟了的柔美的江南，从剃头铺和木器厂间闪过他沾满泥水的腿，他着力逼近乡村的本质——美与丑的凸现，他要触摸那些坚硬粗粝的嘈杂的纹理——背面的江南。

这次，三位各有特色的女诗人使得诗会格外明亮。陆苏来自浙江富阳，她料理自己真挚而奇幻的诗像料理生长在土地上的草木稼蔬，清新而含露。从她那自然、欢快又充满孩子式天真的诗句里，很难看出她也曾经历过被抄家遣散的种种打击。她真心爱着乡村，泥土的高傲和纯真作为遗传，在她的血脉中天然浑成。代薇和娜夜，一个热烈奔放，让奇特的想象焚烧，用火做成的枫叶抒写爱情；一个冷静简练，在短短的诗句中隐藏着看不见的“空白”。那空白是什么？是幸福，是爱情，是生活。是写尽忧伤和沉重之后的女性永恒的追求。读她们的诗，可以懂得透明。

来自西部的三位诗人使诗会感受到边塞风的苍凉和旷远。古马，以减法的法则写西部历史，皆是断岩残片，虽驿站处处都以古典诗句装修，但却终不掩其现代意识，并且机智幽默。阿信闭门三天赶诗，待他拿出来时，却是一捧浅浅的绿、蓝，那草地，那湖水，都是点到为止的清澈。人与自然已融为一体。总是提着“伊力特曲”和“玫瑰酒”的沈苇一招一式都带有天山大漠留下的烙印。他的文字仍是江南的清丽，但做为个人，他已经历了地域的跨越，他的心灵让西部成为背景，做为一种宗教，一种哲学而出现的豪壮与雄浑、感受的背影。

还有三位诗人都各有一路。大卫，原来是个医生，他的幽默和开朗使空气都在震动。他的诗选材范围极广，短诗不小，长诗很巧，随心所欲。写普通人的生活角度独到，既不脱离对真实的抚摩，又都有沉沉的分量。吴兵，在一出版即受到极大欢迎的《老照片》杂志工作的编辑兼诗人，历来以精辟的短诗见长，这次却怀着极大的责任感，把黄河断流像照片一样印制下来了。这首长诗一气呵成，内涵丰富，语言干净简练，题材重大，表现得却独到精巧含蓄。这也是用短诗的写法写诗的一种尝试。刘希全，借用在北京工作的天时、地利、人和，自告奋勇在会议中当了半个东道主，找车接送诗友们看戏，代买火车票，还要兼管家里两岁的儿子，常常奔忙得头发蓬乱，睡眠不足，他的侠肝义胆真让人感动。他的诗也是这样，充满阳光、海水和四季，浩大、提升、明亮、抒情，追求深切的情感力量，在辽阔和热烈中带有金属的声音。

总之，这届“青春诗会”的作品表现出了青年诗人对社会生活和自身生活的密切关注和反省，他们将以往被忽视的生活底层的细节入诗，表现生活的原生状态和人的真实感情，将社会感情与个人感情融为一体，这是否表现了90年代诗歌的一种动向？

诗人的话：让诗歌在心中健康地成长

诗会不仅要留下作品，更要留下诗人的声音。近来，对诗歌的议论颇多，调侃、讽刺、批评、责难，某报的“零点调查”也从某些角度提供了诗歌不景气的资料，诗似乎已悄悄地先临了世纪末日。诗到底怎么了？在18日下午的研讨会上，成为青年诗人们异常关心的焦点问题。

首先，诗人们对七八十年代的诗进行了客观、公正的评介。认为“七八十年代的个人化写作和创新也推出了一些在诗歌史上卓有成效的诗人”。但同时，诗歌也存在着不少的问题，大体有：

第一，朦胧诗人为时代而写作，他们有很重要的姿态，但姿态发展下去则有碍更真实地还原生活。

第二，八十年代后期的诗歌与朦胧诗发生断裂，成为形式的时期。发展到后来，形式已成为一种借口，用以掩饰内容和思想的苍白。

第三，现在有些诗只体现了知识的泛滥。特别是高科技的发展，让许多人都待在家里凭技巧和“间接经验”写作，技术的“纵欲”使得用才华写诗的人很多，用技巧写诗的人更多，但用灵魂写诗的人很少。缺少对生活的真切体验。

第四，对外国诗和西方理论的盲从。比如一个人在今晚可以模仿写作荷马史诗，而第二天又可以写成后现代式的，一夜之间跨越欧洲四千年。而真实的生活却离我们越来越远。

第五，理论的混乱，诗歌刊物的惯性也使得一些初看起来很新的东西成为后来的概念。

关于“懂与不懂”的问题，大家认为这并不是诗歌的关键，泛泛地谈诗是危险的，因为这包容着个人审美标准、时代变迁而引起的价值判断、社会发展等诸多因素，必须具体分析。贝多芬第五交响乐，里尔克的许多诗就让人不懂，李商隐的《无题》至今已有五十多种解释，但这并不妨碍它们成为优秀的经典。甚至幼儿童谣“小皮球，香蕉梨，马莲开花二十一”也是让人不懂却在民间广为流传的。因此，我们反对的是那些故弄玄虚的“伪”诗，它与那些有真正内涵但又不一定能轻易读懂的好诗是有区别的。我们提倡的是那些既能让更多人了解又有深刻思想的好诗，何况某些看得懂的诗也不一定就是好诗，有些则如白开水，毫无诗味。

对于目前的写作，青年诗人们都寄予了热望。大家认为：首先，“朦胧诗”的批判精神是与时代相称的，我们今天也应更加关注时代，写与今天的时代相称的东西。那就是脚下的土地和人民。其次，对精神取向的追求不能降低，有第一等的襟抱，才有第一等的诗歌。追求写作的老实态度和高尚的境界。再次，以普通人的心态表现最有力量的生活，在与群众息息相关的生活中发现诗意，脚踏实地地认真写作。最后，宽容并且充分展示个性化的多姿多彩。

最后，大家共同的心声就是：诗歌正在我们的心中健康地成长！

诗永远属于青春。

让世界从诗开始！

1998.1.8. 追记

青春诗会

第十五届

1999

第十五届（1999 年）

时间：

1999 年 5 月 15 日 ~ 19 日

地点：

山东聊城

指导老师：

梅绍静、雷　霆、朱先树

参会学员（20 人）：

李　南、歌　兰、冉仲景、卢卫平、谯达摩、莫　非、殷龙龙、刘　川、凸　凹、牛庆国、树　才、杨　梓、小　海、侯　马、商泽军、李　舟、安斯寿、姚　辉、赵贵辰、高　昌

十五届“青春诗会”期间，指导老师和学员们与当地人员合影。第一排左二为梅绍静、左三朱先树、左六为雷霆；第二排左二为歌兰、左四为李南、左五为刘川、左六为杨梓、左七为贵辰、左八为树才、左九为李舟、左十为侯马、左十三为姚辉；第三排左二为商泽军、左三小海、左四为安斯寿、左五为凸凹、左六为莫非、左七为卢卫平、左八为谯达摩、左九为牛国、左十为高昌、左十一为冉仲景；殷龙龙因身体原因没有参会

诗人档案

李南（1964~　），女，出生于青海。1983年开始写诗。1999年参加《诗刊》社第十五届“青春诗会”。出版诗集《妥协之歌》《小》等。作品被收入国内外多种选本。现居河北省石家庄市。

呼　唤

李　南

在一个繁花闪现的早晨，我听见
不远处一个清脆的童声
他喊——“妈妈！”
几个行路的女人，和我一样
微笑着回过头来
她们都认为这声鲜嫩的呼唤
与自己有关。

这是青草呼唤春天的时候
孩子，如果你的呼唤没有回答
就把我眼中的灯盏取走
把我心中的温暖也取走

呼唤

李南

在一个繁花闪现的早晨，我听见
不远处一个清脆的童声
他喊——"妈妈！"

几个行路的女人，和我一样
微笑着回过头来
她们都认为这声鲜嫩的呼唤
与自己有关。

这是青草呼唤春天的时候
孩子，如果你的呼唤没有回答
就把我眼中的灯盏取走
把我心中的温暖也取走

诗人档案

歌兰（1966～ ），女，原名洪兰花，出生于安徽省安庆市怀宁县月山镇月山村。1985年开始诗歌创作。1999年参加《诗刊》社第十五届“青青诗会”。2014年出版诗集《稀薄的门》。

写于太湖

歌 兰

1

乏味的架子
塑造不了自然孕妇
在泥巴里洗手
整个都洗
还好没有脏器
清晨，我们派
洗过的武官种豆
傍晚，迎面而撞的乡村公路
大面积毁灭重文轻武的后现代
得瓜，得瓜

2

樟树的叶子和船度过光

的斑马　剥光的
斑马就要
脱离世俗生活给青铜上两遍绿
赶集的古人
继续赶路

写于太湖

1

乏味的架子
塑造不了自然孕妇
在泥巴里洗手
整个都洗
还好没有脏器
清晨，我们派
洗过的武官种豆
傍晚，迎面而撞的乡村公路
大面积毁坏重文轻武的后現代
得瓜，得瓜

2

樟树的叶子和船度过光
的斑马 剥光的
斑马就要
脱离世俗生活给青铜上
两遍绿
赶集的古人
继续赶路

歌兰 2014.8

诗人档案

冉仲景（1966~　），重庆酉阳人。中国作家协会会员。1999年参加《诗刊》社第十五届“青春诗会”。出版有诗集《从朗诵到吹奏》《众神的情妇》《献给毛妹的99首致命情诗》《米》等四部。

康　定

冉仲景

怎样的高峰从未弯下腰来
怎样的建筑让每个日子虔敬庄严
怎样的杜鹃使五月鲜血流尽
怎样的歌谣孕育了如此众多的美女和天才

高远的天空总是充满雪意，充满暗示
所以我把我的爱情叫做康定
把挚友、死敌、围裙与真言叫做康定
从青稞酒中，品味一种高寒的哲学
我把我的欢乐和我的哭泣叫做康定
把短暂一生也叫做康定

康定

怎样的高峰从来弯下腰来
怎样的建筑让每个日子变得庄严
怎样的杜鹃让五月鲜血流尽
怎样的歌谣孕育了如此众多的美女和天才

高远的天空总是充满诗意，充满晴朗
所以我把我的爱情叫做康定
把挚友、死敌、阴谋与真言叫做康定
从青稞酒中，品味一种高贵的哲学
我把我的欢乐和我的哭泣叫做康定
把短暂一生也叫做康定

诗人档案

卢卫平（1965~　），生于湖北红安，现居珠海。1999年参加《诗刊》社第十五届“青春诗会”。先后出版《异乡的老鼠》《各就各位》《打开天空的钥匙》《一万或万一》《我后悔让这块石头开花》等诗集。获第三届华文青年诗歌奖、《诗刊》年度优秀诗人奖、首届中国《星星》年度诗人奖、第九届广东省鲁迅文学奖、首届《草堂》诗歌奖年度实力诗人奖等诗歌奖项。诗作入选《中国新诗总系》等二百多种诗歌选本。有诗作翻译成英语、葡萄牙语、瑞典语、俄语、日语等多种文字发表。

我后悔让这块石头开花

卢卫平

我敲开这块石头
我将一块大石头
变成许多小石头
叫作石头开花
石头开花
就是石头开口说话
可当我看见一个个
跟着大风的脚步
奔跑的小石头
在风停下来后
也沉默不语
我就后悔让这块石头开花
我能忍受一块大石头
长久的沉默
但弱小者的沉默
总让我感到惶然不安

我后悔让這块石头开花

卢卫平

我敲开這块石头
我将一块大石头
变成许多小石头
叫作石头开花
石头开花
就是石头开口說话
可当我看見一个个
跟着大风的脚步
奔跑的小石头
在風停下来后
也沉默不语
我就后悔让这块石头开花
我能忍受一块大石头
长久的沉默
但弱小者的沉默
总让我感到惶然不安

二〇一九年五月六日

诗人档案

谯达摩（1966~　），出生于贵州沿河。中国当代著名诗人。先后就读于复旦大学、首都师范大学、北京大学。教育学硕士。1999年参加《诗刊》社第十五届“青春诗会”。“第三条道路写作”诗派创始人，“北京诗派”创始人。主编有《词语的盛宴——20世纪六七十年代出生诗人作品精选》（与谭五昌合作）、《后先代之光》（与伊沙合作）等十余部诗歌专著。著有诗集《橄榄石》《摩崖石刻》。现居北京。

穿睡衣的高原

谯达摩

此刻睡衣醒着，而高原沉睡。
唯有漫山遍野的羔羊
从云的乳房汲取奶水。

此刻溶洞潮湿。没有语言，只是麻酥酥的震颤。
幽谷的泉水冲洗了她。
她蹲坐在光滑的鹅卵石上，开着喇叭花和秋菊。

此刻睡衣醒着。一种收割灵魂的吟唱。
这是赶着马车的细雨，行游在树梢，
去天堂度假。

溶洞再次潮湿。露出她的雀巢。
透过枝叶婆娑的林荫小径，从花瓣守卫的

花盘，她羞涩地吐蕊。

此刻睡衣醒着，收藏蝴蝶和钻石。
这是依山傍水的宫殿
点一盏煤油灯可以龙飞凤舞，两盏灯可以升天。

此刻溶洞潮湿。此刻她如鱼得水
她的睡衣突然被风拿走。迷醉的山峦扑面而来。
漫山遍野的羔羊，啃着青草的乳房。

此刻睡衣再次回来，她抚摩着她的土地。
她的幽谷中，大片的红罂粟遍地生辉。再也无处藏身。
一匹瀑布，卷帘而上。

那些娃娃鱼的倒影开始疯狂。

穿睡衣的高原

谯达摩

此刻睡衣醒着，而高原沉睡。
唯有漫山遍野的羔羊
从云的乳房汲取奶水。

此刻溶洞潮湿。没有谎言，只是麻酥酥的震颤。
幽谷的泉水冲洗了她。
她蹲坐在光滑的鹅卵石上，开着喇叭花和秋菊。

此刻睡衣醒着。一种收割灵魂的吟唱。
这是赶着马车的细雨，行游花树精，
去天堂度假。

溶洞再次潮湿。露出她的雀巢。
透过枫叶婆娑的林荫小径，从花瓣守卫的

花蕾，她羞涩地吐蕊。

此刻睡衣醒着，收藏蝴蝶和钻石。
这是依山傍水的宫殿
点一盏煤油灯可以夜飞风筝，两盏灯可以升天。

此刻溶洞漏湿。此刻她如鱼得水
她的睡衣突然被风拿走。迷醉的山峦扑面而来。
漫山遍野的羔羊，啃着青草的乳房。

此刻睡衣再次回来，她抚摩着她的土地。
她的幽谷中，大片的红罂粟遍地生辉。再也无处藏身。
一匹瀑布，卷帘而上。

那些娃娃鱼的倒影开始疯狂。

1997年6月5日，写于北京

诗人档案

莫非（1960~ ），生于北京。诗人、摄影家、博物学者。1999年参加《诗刊》社第十五届“青春诗会”。出版有《词与物》《莫非诗选》《我想你在》《小工具箱》《风吹草木动》《一叶一洞天》《芄兰的时候》《逸生的胡同》等诗集和博物学著作。自1988年以来，作品被译成英语、法语、德语、意大利语、西班牙语、阿拉伯语、罗马尼亚语、克罗地亚语等多种语言，在海外发表、出版。曾多次参加国际诗歌艺术交流活动。

雪

莫　非

落在宣纸上狼毫扫了个干干净净的
伏尔加河结巴之后顺利结冰的
丢下了贝加尔湖那么大的
树枝已经松开的
白透着红不知何物为何物的

马车一路碾过去方才看清楚
砚台上一览众山字更小的
树叶卷起来才是树叶的
篝火熄灭而群峰继续燃烧
集装箱和小木屋同样住不下的

被预言救起来命不该如此的
两个窗户堵在一起交待的

和稀泥的
抓不着把手捆在山毛榉树上的
猜不到结冰猜不着开花的

雪

落在宣纸上狼毫扫了个干干净净
伏字加词结巴语句顺利结冰的
丢下了只加了字湖那么大的
树枝已经划分开的
白透着红不知何物的何物的
写在一纸石碾过去方才搞清楚
砚台上一览众山字更小的
树叶卷起来提 树树叶的
寡大鸠衣印群峰继续继续
集装箱和小木屋同样住不下的
被预言起来命不该如此的
两个窗户堵起来在一起交缠的

和稀泥的

抓不着把手搁在山毛榉树上的

捎不到小纺织机 猜不着开花的

2020年7月12日作

蓝蓝 抄于

2020年7月19日

诗人档案

殷龙龙（1962~　），生于北京。早年参加圆明园诗社。1999年参加《诗刊》社第十五届“青春诗会”。曾获2011年获御鼎杯诗歌大奖、2013年10月获《诗探索》年度诗人奖、2014年获得地下诗歌艺术奖等奖项。出版诗集六部。

野　游

殷龙龙

幸福是一条虫子，
它说话了。开始我听不清，
只感到空气在动。
天气太热，一些人回到水里；
风从下面托起了荷花。
荷花有茎，站在我们中间。

虫子在水果里说话，
果汁流出来，
很快围成一个圈。

虫子绕到感情的背后，
大声叫，叫一些人进去。
声音把人围住，

形成更大的圈；
篝火映红的圈，变得淡了。
像一团吹起的雾。
附近的山，倒了。

我在外围大声叫，
并且舞蹈起来。
热情的手臂赋予许多姿式
许多的本来面目。

我弯下腰，
发现自己也在圈内；
我拾起一只歌竭的脚，
另一只在逃亡。
我回到外围，大声叫，
直到叫出爱来。

殷太太

野渡

幸福是一条虫子，
虫说话了。开始我听不清，
只感到空气在动。
天气太热，一些人回到水里；
风从下面托起了荷花。
荷花有梦，
站在我们中间。

虫子在水果里说话，
果汁流出来，
很快围成一个圈。

虫子绕到感情的背后，
大声叫，叫一些人进去。
声音把人围住，
形成更大的圈；
篝火映红的圈，变得淡了，
像一团吹起的雾。
附近的山，倒了。

我在外圈大声叫，
并且舞蹈起来。
热情的手臂赋予许多逆式
许多的本来面目。

我弯下腰，
发现自己也在圈内；
我抬起一只歌唱的脚，
另一只在逃亡。
我回到外圈，大声叫，
直到叫出爱来。

诗人档案

刘川（1975～　），辽宁阜新人。1999年参加《诗刊》社第十五届"青春诗会"。出版诗集五部。曾获得徐志摩诗歌奖、《人民文学》诗歌奖、辽宁文学奖、中国当代诗歌奖、新世纪中国诗歌十大名作奖等奖项。现居沈阳。

指给我

刘　川

大雪地里
不烤你的篝火
请把砍柴的山路指给我

请把浓密的丛林指给我
请把太阳爬过的那根树梢指给我
请把树梢上的那个鸟巢指给我

远远地我走了
哪怕冻死在路上，明年的春草
也会最先从我的脚印里长起

指给我

刘川

大雪地里
不烤你的篝火
请把砍柴的山路指给我

请把浓密的丛林指给我
请把太阳爬过的那根树梢指给我
请把树梢上的那个鸟巢指给我

远远地我走了
哪怕冻死在路上，明年的春草
也会最先从我的脚印里长起

诗人档案

凸凹（1962~　），本名魏平。诗人、小说家。祖籍湖北孝感。生于四川都江堰。1999年参加《诗刊》社第十五届"青春诗会"。现居成都龙泉驿。著有诗集《蚯蚓之舞》《桃果上的树》《大师出没的地方》，长篇小说《甑子场》《大三线》《汤汤水命》，中短篇小说集《花儿与手枪》，散文随笔集《花蕊中的古驿》《纹道》，批评札记《字篓里的词屑》诸书二十余部。曾获中国2018"名人堂·年度十大诗人"、中国2019"名人堂·年度十大作家"等荣誉。

蚯蚓之舞

凸　凹

鸟的舞
排开雾

鱼的舞
排开水

人的舞
排开人

没有比蚯蚓
更困难的了

蚯蚓的舞
排开土、排开大地

蚯蚓的舞
排开地狱，和亡灵

为了这天塌地陷的柔柔的一舞
蚯蚓把体内的骨头也排了出去

蚯蚓之舞

作者：丘山

鸟的舞
排开云

鱼的舞
排开水

人的舞
排开人

没有比蚯蚓
更困难的了

蚯蚓的舞
排开土、排开大地

蚯蚓的舞
排开地狱，和亡灵

为了这天塌地陷的柔柔的一舞
蚯蚓把体内的屑泥也排了出去

2015.6.4

诗人档案

牛庆国（1962~　），甘肃会宁人。中国作家协会会员。1999年参加《诗刊》社第十五届“青春诗会”。诗集《热爱的方式》入选“21世纪文学之星丛书”。获中国人口文化奖、甘肃省敦煌文艺奖一等奖、黄河文学奖一等奖、第四届“华文青年诗人奖”等奖项。获首届甘肃省中青年“德艺双馨”文艺工作者称号，被诗刊社评为“新世纪十佳青年诗人”。作品入选《中国新诗百年志》等数十种选本。现居兰州。

饮　驴

牛庆国

走吧　我的毛驴
咱家里没水
但不能把你渴死

村外的那条小河
能苦死蛤蟆
可那毕竟是水啊

蹚过这厚厚的黄土
你去喝一口吧
再苦也别吐出来

生在个苦字上
你就得忍着点

忍住这一个个十年九旱

至于你仰天大吼
我不会怪你
我早都想这么吼一声了

只是天上没水
再吼　也无非是
吼出自己的眼泪

好在满肚子的苦水
也长力气
喝完了我们还去耕田

饮驴

叶永国

走吧 我的毛驴
咱家里没水
但不能把你渴死

村外的那条小河
能苦死蛤蟆
可那毕竟是水啊

蹚过这厚厚的黄土
你去喝一口吧
再苦也别吐出来

生在个苦字上
你就得忍着点
忍住这一个个十年九旱

至于你仰天大吼
我不会怪你
我早都想这么吼一声了

只是天上没水
再吼 也无作用
吼出自己的眼泪

好在满肚子的苦水
也长力气
喝完了 我们还去耕田

摘自1999年8期《诗刊》"15届青春诗会专辑"，
2020年5月抄写，以纪念"青春诗会"40周年。

诗人档案

树才（1965~　），原名陈树才，生于浙江奉化。诗人、翻译家。文学博士。1999年参加《诗刊》社第十五届“青春诗会”。已出版《单独者》《树才诗选》《节奏练习》《灵魂的两面》《心动》《给孩子的12堂诗歌课》《春天没有方向》《去来》等诗集，译著有《勒韦尔迪诗选》《夏尔诗选》《博纳富瓦诗选》《法国九人诗选》《杜弗的动与静》《小王子》《雅姆诗选》《长长的锚链》等。曾获首届徐志摩诗歌奖、《十月》诗歌奖、“陈子昂诗歌奖·翻译家奖”等奖项。2008年获法国政府“教育骑士”勋章。

单独者

树　才

这是正午！心灵确认了。
太阳直射进我的心灵。
没有一棵树投下阴影。

我的体内，冥想的烟散尽，
只剩下蓝，佛教的蓝，统一……
把尘世当作天庭照耀。

我在大地的一隅走着，
但比太阳走得要慢，
我总是遇到风……

我走着，我的心灵就产生风，
我的衣襟就产生飘动。

鸟落进树丛。石头不再拒绝。

因为什么，我成了单独者？

在阳光的温暖中，太阳敞亮着，
像暮年的老人在无言中叙说……
倾听者少。听到者更少。

石头毕竟不是鸟。
谁能真正生活得快乐而简单？
不是地上的石头，不是天上的太阳……

单独者

这是正午！心灵确认了。
太阳直射进我的心灵。
没有一棵树投下阴影。

我的体内，冥想的烟散尽，
只剩下蓝，佛教的蓝，统一……
把这世当作天庭照耀。

我在大地的一隅走着，
但比太阳走得要慢，
我总是遇到风……

我走着，我的心灵就产生风，
我的衣襟就产生飘动。
鸟落进树丛。石头不再拒绝。

因为什么，我成了单独者？

在阳光的温暖中，太阳散发着，
像暮年的老人在无言中叙说……
倾听者少。听到者更少。

石头毕竟不是鸟。
谁能真正生活得快乐而简单？
不是地上的石头，不是天上的太阳……

1994.达喀尔

树才

2020年3月10日
抄录于云南大理

诗人档案

杨梓（1963~　），宁夏固原人。中国作家协会会员，中国文艺评论家协会会员。出版《杨梓诗集》《西夏史诗》《骊歌十二行》《塔海之望》等。主编《宁夏诗歌史》《宁夏诗歌选》等。曾参加《诗刊》社第十五届“青春诗会”和第九届《诗刊》社“青春回眸”诗会。

风停何处

杨　梓

黄昏时分，走在棋盘一般的田野
被风簇拥，我也是走在风里的风
就像水渠中奔跑的一滴水
可能会渗向岸边的一株稻苗

一个树林突然出现，我停了下来
怔怔地望着树叶，竟然一动不动
风也停了？可能被我截留一部分
不可能是全部，更不可能为我而停

那么，穿过树林的风停在何处
是稻田吗？接纳了跑累的风
平时只知道风停了，从来没有想过
风停的地方，何处是风暂停的驿站

风从何而来，向何而去
显然不是起于青萍，止于草莽
而是时间女神的呼吸，如来如去
如风的我，行走或暂停都在风里

风停何处

杨折

黄昏时分，走在棋盘一般的田野
被风簇拥，我也是走在风里的风
就像水渠中奔跑的一滴水
可能会渗向身边的一株株稻苗

一片树林突出土地，我停了下来，
怔怔地望着树叶，竟然一动不动
风也停了？可能被我截留了一部分
不可能是全部，更不可能为我而停

那么，穿过树林的风停在何处
是稻田吗？接纳了跑累的风

平时只知道风停了，从来没有找过
风停的地方，何处是风暂停的驿站

没从何而，向何而去
虽然不是起于青萍，止于草莽
而是时间与神的呼吸，如来如去
如此的我，行走或暂停都在风里

诗人档案

小海（1965~　），本名涂海燕。江苏海安人。《他们》文学社创始人及重要成员。著有诗集《必须弯腰拔草到午后》、《大秦帝国》(诗剧)、《影子之歌》(长诗) 等八部，诗集《影子之歌》《小海诗选》分别被译成中英、中西对照本在美国、西班牙出版。著有对话集《陌生的朋友：依兰－斯塔文斯与小海的对话》，随笔集《旧梦录》《诗余录》，论文集《小海诗学论稿》等。曾获江苏省第二、第四、第五届紫金山文学奖、江苏文学评论奖一等奖、《作家》杂志 2000 年诗歌奖和 2020 年“金短篇”小说奖等奖项。

村　庄

小　海

那人中第一的村庄沐着阳光
皂角树，在咸涩的低地生长
仿佛从我的胸口裂开
北凌河，还能将我带去多远
从溺死孩子的新坟上……皂角树

你向天空长，就像大地对苦难的逃避
你在深冬的风中喧哗，狭小而寒冷
你像那折断的成百只小小手臂
抓住无形的黑暗
摇动虚妄
就像一到时辰就开花的杏树
吐着苦水和梦想
又挤在春天盲目的大路上

村庄

小海

那人中第一的村庄沐着阳光
皂角树，在咸碱的低地生长
仿佛从我的胸口裂开
北凌河，还能将我带去多远
从溺死孩子的新坟上……皂角树

你向天空长，就像大地对苦难的逃避
你在深冬的风中喧哗，矮小而寒冷
你像那折断的成百上千个手臂
抓住无形的黑暗
摇动虚空
就像一到时辰就开花的杏树
吐着苦水和梦想
又摔在春天盲目的大路上

诗人档案

侯马（1967～ ），生于山西曲沃。1989年开始现代诗写作。出版个人诗集《哀歌·金别针》、《顺便吻一下》、《精神病院的花园》、《他手记》、《他手记》（增编版）、《大地的脚踝》、《侯马诗选》、《夜班》、《侯马的诗》等。曾获《十月》新锐人物奖、中国先锋诗歌奖、《人民文学》《南方文坛》"年度青年作家"、首届"天问诗人奖"、《新诗典》第四届年度大奖"李白诗歌奖"金奖、第六届长安诗歌节现代诗成就大奖，《北京文学》奖、《诗参考》30周年成就奖等奖项。现居青城。

成吉思汗的燕子

侯　马

在成吉思汗庙的大门横梁上
有许多燕子的泥巢
为此我特意去了内蒙古宾馆
因为它的大堂里有一块木牌
上面介绍了成吉思汗的来源
是因为天上飞来一只彩鸟
它的鸣叫声就是成吉思
成吉思
我看到泥巢有燕子进出
但更多的泥巢住了麻雀
我喜欢与穷亲戚来往的鸟儿
说不定这就是成吉思的含义

成吉思汗的燕子

侯马

在成吉思汗庙的大门横梁上
有许多燕子的泥巢
为此我特意去了内蒙古宾馆
因为它的大堂里有一块木牌
上面介绍了成吉思汗的来源
是因为天上飞来一只彩鸟
它的鸣叫声就是成吉思
成吉思
我看到泥巢有燕子进出
但更多的泥巢住了麻雀
我喜欢与穷亲戚来往的鸟儿
说不定这就是成吉思的含义

创作于2019.8.21、
刊于《诗刊》2020年第2期
录于2020、7.2
呼和浩特

诗人档案

商泽军（1966~　），山东莘县人。中国作家协会会员、中国文艺评论家协会会员。曾在《人民日报》《光明日报》《中国作家》《诗刊》《人民文学》《当代》《十月》《北京文学》《星星》等报刊发表作品。代表作有《诗人毛泽东》《保卫生命》《奥运中国》《国殇》《飞翔的中国》《我说的和平》等。出版诗集二十余部，曾获“五个一”工程奖、2008年《人民文学》诗歌奖、中华优秀出版物奖、首届《中国作家》郭沫若诗歌奖、第八届冰心散文奖、华人华侨文学奖等奖项。1999年参加《诗刊》社第十五届“青春诗会”。

火　车

商泽军

“咣当、咣当”的火东驶出了站台
我就是坐在火车上的那个人

我要去看另一个人，是我的父亲
他驻在鲁西马颊河岸上的一个村庄

我的父亲也像火车，拉着我们兄弟姐妹
有一年他跑累了，走进了老家的祖坟

每年我都坐着火车去看望他，去看母亲
每年我也像火车一样，“咣当，咣当”……

火车

商泽军

咣当咣当的火车驶出了站台
我就是坐在火车上的那个人

我要去看另一个人，是我的父亲
他住在鲁西马颊河岸上的一个村庄

我的父亲也像火车，拉着我们兄弟姐妹
有一年他跑累了，走进了老家的祖坟

每年我都坐着火车去看望他，去看母亲
每年我也像火车一样，咣当，咣当……

诗人档案

李舟（1956~　），生于海南岛，现居广东徐闻县。从事创作二十多年，在《人民文学》《诗刊》《北京文学》《萌芽》《作品》《青年文学》《星星》《散文选刊》《读者》《人民日报》《文艺报》等报刊发表三百多首（篇）诗歌、散文及小说。多次获得各种文学奖励。曾参加《诗刊》社第十五届“青春诗会”。作品收入《中国当代散文精选》《中国散文大系》。

台　风

李　舟

南洋形成的热带旋风通过电台电波
把恐怖的浪潮抛上船顶桅杆
刮断！吹塌！掀开！
树木倒下房屋倒塌码头沉陷
天地间涌动着紧张不安

风在雪浪之上，在雨花之中
比惶恐更为辽阔
在咆哮的狂叫里船骸消逝
在黑暗的诅咒里电灯失明
叶子飘碎昏暗抽搐的眼睛
恶梦幻变出浪潮的山峦

狂人的手撞击故乡的巨钟

回响飘忽的是年复一年的呓语
稻谷果树伏倒成刻骨铭心的苍凉
五禽六畜呻吟成流血流泪的悲伤
哦哦，循环反复，亘古不变
驮着我那被狂风撕扯的民谣
飞进生与死搏斗的闪电

湿漉漉的风停止倾诉
在湛蓝澄澈的天空中消散
即将为秋季拉开金黄的序幕
最深的根扎在台风的深渊里
最浅的花开在台风的云朵上
太阳的火焰是上帝力的凝聚点
所有的希望都潜伏在大地之上

台　风

李舟

南洋形成的热带旋风通过电台电波
把恐怖的浪潮抛上船顶桅杆
刮断！吹塌！掀开！
树木倒下房屋倒塌码头沉陷
天地间涌动着紧张不安

风在雪浪之上，在雨花之中
比惶恐更为辽阔
在咆哮的狂叫里船艘消逝
在黑暗的通道里电灯失明
叶子飘碎为瞎掏摘的眼睛
恶梦幻变出浪潮的山峦

狂人的手撞击故乡的巨钟
回响飘忽的是年复一年的哓谎
稻谷果树伏倒成刻骨铭心的苍凉
飞禽六畜呻吟成流血流泪的悲伤

哦哦，循环反复，亘古不变
驮着我那被狂风撕扯的民谣
飞进生与死搏斗的闪电

湿漉漉的风停止倾诉
在遥遥清澈的天空中消散
即将为秋季拉开金黄的序幕
最深的根扎在台风的深渊里
最浅的花开在台风的云朵上
太阳的火焰是上帝力的凝聚点
所有的希望都潜伏在大地之上

《诗刊》1999年8期

诗人档案

安斯寿（1964~　），土家族，出生于贵州凤冈。自1989年以来，先后在《诗刊》、《星星》诗刊、《诗歌报》、《诗神》等全国二百余家报刊发表诗歌近七百余首，诗论十余万字。著有诗集《花的背影》《生活的真》《寂境独语》《写给凌菲的99首诗》四部。诗歌作品《昨日重现》编入《新编大学语文》大学教材。1999年5月参加《诗刊》社第十五届“青春诗会”。

零点，走在北京大街

安斯寿

零点，走在北京的大街上
自然想起千里之外的故乡
贵州，在外乡人心中，不知在云南还是在四川
他们知道我是他们的外乡人
问我是不是在江苏
我想哭，贵州在大西南，是云贵川的贵

高原，如梦如幻的高原，如睡莲般的高原
被外乡人肢解得零零碎碎
黄果树没人知道，娄山关没人知道，赤水河也没人知道
那是我的故乡我的高原
母亲可睡安稳，妻子呢，你是否知道写诗的丈夫
在这零点时分，走在北京的大街
如一粒尘埃随风吹落

生命的痛处是那飞翔的鸟儿追赶流逝的日子
时间就流泻在一张纸上

我是大山农民的儿子
来自水墨山乡的高原
天冷时喝杯茶吧
滇红不要龙井不要铁观音不要
给我一杯苦丁茶，糖就不要加了
能吃苦的我在这苦茶的清香中
梦回我的故乡
烧菜时，朋友，请不要放味精
来一点原滋原味的怎么样
多姿多彩地放飞纸船
诗歌却干瘪得四处流浪

零点时分，走在北京的大街上
寻找那些纸做的骨头

转身走向我霖一样小心盘算的高原
山横野道，随你狂舞，贵州
在异乡人心中
你在哪里

末了，只有乘着零下十二度的冷风离开北京
并给一位诗人打电话
告诉他我已踏上离开这座城市的列车

零点 走在北京大街(外一首)

安斯寿(彝族)

零点 走在北京大街
自然想起千里之外的故乡
贵州 在外乡人心中不知在云南在四川
他们知道我是他们的外乡人
问我是不是来自江苏
我说 贵州在大西南 是云贵川的贵

高原 如梦如幻的高原如睡裙般的高原
被外乡人肢解得零零碎碎
黄果树没人知道娄山关没人知道
赤水河也没人知道
这那是我的故乡我的高原

母亲睡的可安稳 妻子呢
你是否知道写诗的丈夫
在这零点时分走在北京的大街
如一粒尘埃随风吹落

生命的痛处是那些飞翔的鸟儿追赶流逝
的日子
时间就倾泻在一张纸上

我是大山的儿子
来自水墨山乡
天冷时 喝杯茶吧
滇红不要龙井不要铁观音不要
给我来一杯苦丁茶 糖就不要加了
能吃苦的我在这苦茶清香中
梦回我的故乡

零点时分 走在北京的大街上
寻找那些纸做的骨头

转身走向我霖一样小心盘算的高原
斗横野道 随你狂舞 贵州
在异乡人心中你在哪里

末了 乘着零下十二度的冷风离开北京
并给一个诗人打电话
告诉他我已踏上离开这城市的列车

（原载《诗刊》1999年8期）

诗人档案

姚辉（1965~　），生于贵州仁怀。中国作家协会会员。1999年参加《诗刊》社第十五届“青春诗会”。出版诗集《苍茫的诺言》《我与哪个时代靠得更近》，散文诗集《对时间有所警觉》，小说集《走过无边的雨》等十余种，部分作品被译成多国文字。

汨罗河上的黄昏

姚　辉

太阳照在河流的脸孔上
要怎样的流水　才能汹涌出
那曾被淹没过的诗句？

仿佛仍有行吟者漫步泽畔
了望　鱼鳞上的水声
仿佛仍有刺骨的秋天
卷向卷帙间浩渺的忧郁

那瘦削的人宛如世纪深处的刀子
啊　刀子——宛如河流中
锋芒理当拥有或失去的最后流域

而太阳正好照在河流的脸孔上

像一种呐喊　河流皱纹遍布
——像一次追忆

或许风尘的慰缅已被重复过了
但我依然走着　在风尘中
我　熟悉了歌唱的种种延续

让河面的阳光也划伤我的沉默
流水黝黑　让河边的秋草
举起高远的独语——

如果土粒中的手势缓缓上升
又是谁　在最初的宁静里
堆砌出梦境与另外的沙粒？

而黄昏深了　风的骸骨藏不住怀念
河流的脸孔上
绯红的光阴　荡来荡去……

汨罗河的黄昏

姚辉

太阳照在河流的脸孔上
要怎样的河水 才能汹涌出
那曾被淹没过的诗句？

仿佛仍有行吟者漫步泽畔
了望 鱼鳞上的水声
仿佛仍有刺骨的秋天
卷向卷帙间浩渺的忧郁

那瘦削的人宛如世纪淬过的刀子
啊 刀子——宛如河流中
锋芒理当拥有或失去的最后流域

而太阳正好照在河流的脸孔上
像一种收藏 河流皱纹遍布
——像一次追忆

或许风尘的旋律已被重复过了
但我依然走着 在风尘中
我熟悉了歌唱的种种遭遇

让河面的阳光也划分我的沉默
流水黝黑　让河边的秋草
举起高远的独语——

如果土壤中的手势缓缓上升
又是谁　在最初的宁静里
堆砌出梦境与另外的沙粒？

而黄昏深了　风的脊背藏不住怀念
河流的脸孔上
绯红的光阴　荡来荡去……

原载《诗刊》1999年第八期
2020年庚子岁夏日 抄

诗人档案

赵贵辰（1957~　），生于河北晋州农村。1972年开始在报刊发表作品，1999年5月参加《诗刊》社第十五届“青春诗会”。2004年加入中国作家协会。诗作多次发表在《诗刊》《人民文学》《人民日报》《青年文学》等报刊。四十多次获得省级以上报刊文学奖。出版著作《我也是郁金香》《提拔到楼顶的狗》《拥抱我的祖国》《亲情如花》等诗文集八部。2012年2月被中共河北省晋州市委、晋州市人民政府命名为“晋州当代文化名人”。

野　风

赵贵辰

田野里的风，最爱跟农妇们
闹着玩儿

它捅捅你的脖子，胳吱胳吱
你的腋窝儿。农妇们的脑袋
便像谷穗儿一样，拨拨浪浪地
笑了。这是风，把农妇们的心情
弄痒

田野里的风不只是绿的。红黄
蓝紫……新鲜得如同
农妇们的歌声

说不清什么时候，只听农妇们

“哎呀”一声，那便是风
把她们的歌声刮跑了
她们追赶着，脊梁与脊梁
都是光的

田野里的风姓野，不像城里的风
那么温柔。它们刮着刮着，就把自己刮成
一个汉子，被农妇们揽在田埂上
亲一口

野风

赵贵辰

田野里的风，最爱跟农妇们
闹着玩儿

它捅捅你的膛子，胳肢胳肢
你的腋窝儿。农妇们的腋下
便像谷穗儿一样，拨拨浪浪地
笑了。这是风，把农妇们的心情
弄痒

田野里的风不只是绿的。红黄
蓝紫……新鲜得如同
农妇们的歌声

说不清什么时候，只听农妇们
“哎呀”一声，那便是风
把她们的歌声刮跑了

她们追赶着，脊梁与脊梁
都是光的

田野里的风姓野，不像城里的风
那么温柔。它们刮着刮着，就把自己刮成
一个汉子，被农妇们揽在田埂上
亲一口

（《诗刊》1999年8月号第十五届"青春诗会"专号）

诗人档案

高昌（1967～　），又名高新昌，生于河北辛集。中国作家协会会员。1999年参加《诗刊》社第十五届“青春诗会”，也曾以旧体诗入选《中华诗词》杂志青春诗会。主要著作有《两只鸟》《高昌八行新律》《高昌诗词选》《变成一朵鲜花》《公木传》《玩转律诗》《玩转词牌》《百年中国的感情气候》《儒林漫笔》等。

即使我是一块冰

高　昌

即使我是一块冰
也在把阳光苦等

纵然阳光像一群小虫
吞噬我的宁静和晶莹
纵然阳光散成片片疼痛
布满我脆弱的神经
能和叶儿一起回味开花的快感
能和花儿一起体验青春的热情
我的心将因快乐
　　而默默消融

在这动人的风中
我无法再维持我的冷漠的天性

即使我是一块冰

我也和大家一起放开喉咙
太阳你好
你好　颤栗着的歌声
温柔而坚定

即使我是一块冰

高昌

即使我是一块冰
也在把阳光苦等

纵然阳光像一群小虫
吞噬我的宁静和晶莹
纵然阳光散成片片疼痛
布满我脆弱的神经
能和叶儿一起回味开花的快感
能和花儿一起体验青春的热情
我的心将因快乐
　　　　而默默消融

在这动人的风中
我无法再维持我的冷漠的天性

即使我是一块冰

我也和大家一起放开喉咙
太阳你好
你好　颤栗着的歌声
温柔而坚定

原载《诗刊》1999年
第8期，第49页

这是苹果树，这是李树

——第十五届“青春诗会”侧记

梅绍静（执笔） 雷　霆　朱先树

“这是苹果树，这是李树”，我也想这样比喻每一位到会的诗人。他们真正都成了树，结了果，有的并不很“青春”，而最“青春”的要数小海、刘川两位诗人。

5月16日，《诗刊》社第十五届“青春诗会”（也是20世纪的最后一届）在聊城市政府、市文联、市诗人协会的积极支持下，于“一海一岱一圣人”的山东、孔繁森的家乡聊城召开。

聊城的湖面那么大！那么宁静！使人吃惊！聊城的湖在城四周，更是一绝！在北京的诗人见了，说是挪到北京城中会压过三海外加上昆明湖；在宁夏的诗人见了，说是挪到宁夏去，够他们几个县的“旱民”享用；因为诗友相聚在这里，聊城的“山陕会馆”“古运河遗址”，以及更为古老更为著名的“光岳楼”也变得像诗友们的一首首诗，你可以诵，可以移情点化，可以把来掌中并存入记忆。

开会前，与会诗友们的诗虽已有彼此见过面的，但总像是少了些友情的滋润，短短的几天，诗行与本人一叠印，真个是还魂草遇上水。各自的诗在诗友们眼中变得更鲜活了。树才讲他下坡时要怎样骑牛才不至于被牛角挑破肚子，冉仲景讲他小时候唱民歌，内心一片纯净。

是姚辉说的吗？他说：“这些话是印上了诗的那种纸，即使被人踩在脚下了，你捡起它来，一样值得人珍惜！”

此次诗会有三个特征。

一是来的诗人个个都是“平常人”。有教书的，有经商的，有做公务员的，平时都是平平常常的人，一下子聚到一处来谈诗，用卢卫平的话来讲，是“珍惜地做每件事，珍惜每一次经历”。可能“平常人”的根本就是这“珍惜”两个字吧？

二是在从来“相轻”的这些文人中，却没有出现“文人相轻”的现象，岂不为怪？诗会气氛和谐。和谐是什么？是祝福与支持，是不多的关心的语言，是不大的互敬的流露，甚至连这样发自内心的表达也不需要，也能把各就各位相互参照后得到的互生的氧气留在根茎叶周围。果园是美的，这次诗会就是一个果园。

“青春诗会”期间，左起：李南、梅绍静、歌兰

“青春诗会”期间，李南与雷霆老师合影

三是树的品种多，果实的色香味差异也较大。李南的诗“老辣”，歌兰的诗“清纯”；达摩的诗“多汁”，牛庆国的诗“光硬”……更难得的是不少诗人在诗会上的诗也与过去不同，细读冉仲景、莫非的诗，这里呈现的已是“羽化”的气象。

与会的诗人多是“诗没能改变他们的命运，但改变了他们对命运的看法”的人。由于有了诗，身有残障的殷龙龙就是“轻易跨过门槛的悬崖”了，我们读他的《四合院》，他的《野游》，与众不同！他在朋友中体验到了幸福是“虫子在果实中”的幸福！有时爱是伤心，可能读“祖国是罐装的液体，如果想打开，就打开诗人的一生！”那诗句后的情感又是多么真挚与执着，确是惊人之句。

“青春诗会”期间，老师与学员交谈甚欢。左起：李南、歌兰、雷霆、梅绍静、牛庆国

冉仲景从在康定那诗的歌的地方写诗起，至今已近十年了，他对诗的坚持就像他洒泪告别诗友那么真诚。李南早在1989年发在《诗神》头条的诗作已显出她的才气。想想，这又是一个十年！这个十年是可以和她的“抬起头来”的诗句相联系的。诗会上有十年“树龄”的大有人在，想想，亦属“各正其命”地自然。

每个诗人的寂寞都曾是诗的一部分。树才也就是默默地写，这位有法语功底，做过外交官的诗人在哪里朗诵过他自己的厚厚的一大本诗作？他倒是像授粉的昆虫，朗诵了这位诗友的佳作，又朗诵那位的，经他那抑扬顿挫的声音处理过的诗作，都在诗友们心中坐了果。与其说是优美的语音功底给他的朗诵垫了底，不如说是一个人内在的修养在起作用。美使人快乐，也使人心胸豁达。

大家的作品虽不同，但多的还是现实生活生机的流溢，刘川、树才、杨梓思想开阔但内容却很具体真实，达摩的高原像是史前、像是幻觉、更像是他的家乡所酿。几乎每一位诗人的努力都会给爱好文学与诗歌的朋友们以参照。

在这次诗会上，作品连着乡土这根“蔓”的，有牛庆国、赵贵辰、商泽军、李舟，但他们的诗各是各的味道，怎么读都是在“尝新”的意

第十五届“青春诗会”期间，凸凹（左）与侯马合影

义上“独对险境”。牛庆国的语言是走石，但是黄土神韵；赵贵辰的情感热热的，走在笔管的一呼一吸间；商泽军的老家是活着的亲爹亲妈；而人性的海鸟与椰子在李舟的海空上升。可能美好的东西也要人回头，6月5日被定为“世界环境日”该算人类回头的结果。

卢卫平与凸凹的诗也决非“同类项”，凸凹“外柔内刚，性急似火”，卢卫平“外刚内柔，性平心和”。他俩的诗对比着读，才更有味道。笔上写的都与城市有关，令读者感兴趣的恰恰不是背景。艺术的深刻无法制造，它几乎就是那个人本身！一个是跟着骆驼走的“赤子”，一个是拍树肩膀的“好人”。

小海、侯马是诗会“年轻有为的代表”，不是指他们年纪轻就已是重要部门的公务员，而是针对他们今天与未来的写作状态如此形容的。

姚辉与安斯寿同是西南贵州来的诗友，会上坦言做人比作诗难的是安斯寿；捧出一本写贵州的诗的是姚辉，两人在人跟前个头差不离，长相也相似，会后还一起去爬了泰山，不语的诗是泰山。祝愿他们的坚韧，也祝愿他们心中有一座文学“泰山”。

高昌、李南与赵贵辰同是河北老乡。并非同路来，却是同路返。比起第一届“青春诗会”长达一个月的会期，第十五届“青春诗会”似乎只“会”了诗。虽然未开成离别前的朗诵会，这个朗诵会也在诗会中小范围地开过了。

诗会汇聚二十位诗人。不能说诗会上的诗是目前诗坛“最高峰”，正像雷霆先生的话说："我们很庆幸，我们都不是第一，我们还有好多可学的，如果现在就是第一，该多么寂寞，在自己眼前就没有了可以学习的人。"这番话引出会心微笑，因为它也是真正的激励；永远都要有更好的作品和精品产生，永远都不要虚幻地认为自己已经是孤傲的那个"第一"。

不是说这届诗会的诗作没有缺憾，有，就是水准较齐。齐并不一定和"平"瓜葛，可以说这些诗是初露端倪的真诗，也是精品前的精品。让我们借此机会祝愿在20世纪还是青年的诗人们在新世纪更上层楼！

1999年6月10日北京